COUNTBACK

PHILIP DRAMMEH

Countback
Från slutet - till början

Detta är ett skönlitterärt verk och alla likheter mellan karaktärerna i denna bok och verkliga personer, levande eller döda, är helt och hållet en slump.

Denna bok refererar till igenkännbara historiska personer och platser enbart i kontextsyfte. Det finns ingen antydan om att någon historisk person som nämns i boken, eller någon plats som används i boken, faktiskt var inblandad i någon av de händelser som skildras i boken.

I detta avseende är de lika fiktiva som själva boken.

ISBN: 979-8-9992947-0-8 - E-book. KDP
979-8-9992947-3-9 - Paperback KDP
979-8-9992947-4-6 - Hardcover KDP
979-8-9992947-1-5 - Case Laminate, Ingram spark
979-8-9992947-2-2 - Perfect bound, Ingram spark

Föreställ dig att du har nått dit många bara drömmer om. Du är en nyckelperson i företaget, uppskattad, med trygghet och balans i livet. Allt pekar uppåt. Och så kommer det – erbjudandet. En chans att leda ett projekt som ingen annan vågar ta i. Ett projekt på väg att kollapsa. För att anta utmaningen krävs inte bara din kompetens, utan också att du lämnar allt som känns bekvämt: din roll, din stad, ditt familjeliv.

De flesta hade tvekat. Många hade sagt nej. Men inte Filippo. Det här är berättelsen om ett val som kräver mod – om att våga kliva in i det okända när hjärtat säger att det är rätt. Om att möta motgångar, hitta sin inre kompass och växa som människa, även när vägen framåt är allt annat än tydlig.

Detta är Filippos resa – och kanske också början på något större.

INNEHÅLL

FÖRORD

Brooks lag: "Att lägga till arbetskraft till ett försenat projekt gör det ännu mer försenat".
Citat från The Mythical Man-Month av Fred Brooks[1]

Lördag 7 mars 2020 – Comosjön, Italien

När det blev ljusare och dimman lättade stannade jag bilen på torget i byn, medveten om att det inte fanns någon parkering vid kapellet. Min fru, Serena, som satt bredvid mig, drog backspegeln mot sig och kollade sitt hår innan hon tog bort lite överflödig makeup från kanten av läppen. Barnen i baksätet var tysta, två fortfarande slumrandes, medan den äldsta, Bella, nu 16 år, tittade ut genom fönstret, antingen på något avlägset föremål som fångat hennes uppmärksamhet i morgondimman eller, mer sannolikt, i en drömvärld där hon hängav sig åt sin passion för hästar.

Jag kontrollerade också mitt eget utseende i spegeln, justerade min slips, innan jag återställde spegeln till rätt läge, kollade bilens lampor, handbroms och växelspak igen som jag alltid gjorde, och tog av mig säkerhetsbältet. Serena och jag klev ur bilen just som de yngre barnen började röra på sig. Bella och vår son, Andro, tretton år gammal, lossade sig själva från sina säkerhetsbälten, medan Serena öppnade bakdörren på sin sida av bilen och lutade sig in för att ta ut fyraåriga Lotti.

Serena tittade på mig. "Filippo, din slips sitter snett", sa hon, trots att jag precis hade kontrollerat den, och när hon justerade den litegrann försäkrade hon mig om att hon hade rätt. Jag hade inget emot det. Hon kunde vara lite pedantisk vid sådana här tillfällen, medan hon hemma var väldigt accepterande och ibland lät barnen komma undan med saker jag inte ansåg vara i närheten av okej.

Men begravningar, de sista orden och handlingarna utförda av en okänd präst, har den effekten på många som annars skulle vara avslappnade. Vi var inte annorlunda, och det faktum att vi var här för att säga adjö till Sofia, någon som bara några år tidigare hade varit festernas mittpunkt utanför jobbet, och vars öde varit att lämna detta jordeliv alldeles för tidigt, gjorde oss alla lite nervösa för ödet som kunde drabba alla oss, särskilt eftersom pandemin orättvist skördade sina offer och svepte genom befolkningen som normalt var så öppna och sällskapliga. Vi visste alla att detta var den sista chansen att träffas innan nedstängningen för att förhindra Covid-smittspridningen.

Kapellet låg ungefär fem minuters promenad bort genom smala gränder omgivna av murar utan trottoarer för fotgängare, men vi var glada att se att ingen valde att ta en bil genom dem medan vi gick mot trädgårdarna som omgav kapellet. Det var fortfarande ganska kyligt på grund av den lätta vinden som kom från snötäckta berg i nordväst, och solen försökte bryta igenom den snabbt försvinnande dimman. När vi gick genom de öppna portarna kom en plötslig vindpust som tog med sig ett duggregn precis bakom oss längs trädgårdsmuren, men lyckligtvis undvek vi att bli träffade även om marken blev våt igen.

Från trädgården hade vi en vy över Comosjön, och vi kunde ana vattenfåglar som förberedde sig för häckning, vissa flög precis ovanför vattnet för att skydda sig från rovfåglar som levde i sprickorna på högre mark längs med sjön. Det låg fortfarande en lätt dimma över vattnet, men solen lyste.

Vi var inte de första som anlände, och jag såg för första gången på tio år flera andra medlemmar från teamet som jag hade arbetat med. Till min förvåning såg jag Angelina med en ny man vid sin sida. Hon var min omedelbara företrädare som projektledare, och Amaïa, Mebratu's närmaste chef, som ofta hade hamnat i konflikt vid de få möten jag deltagit i innan Angelinas avgång, pratade nu leende och tyst på andra sidan av kapellträdgården. Några meter från dem såg jag Lorenzo, som ofta ansågs vara teamets paria på grund av ett par dåliga omdömen och vanligtvis ett visst förakt mot kvinnliga teammedlemmar, trots sina nästan geniala färdigheter inom processhantering. Han samtalade glatt med Ginevra, som hade lett projektet i dess inledningsskede. Senast jag hade sett dem tillsammans hade de behövt separeras av andra mitt i ett möte som hade exploderat i kaos.

Det var inte första gången sådana konfrontationer hade inträffat, och jag minns särskilt en gång då Vincenzo hade konfronterat László vid ett möte som leddes av VD'n Massimo strax innan den slutliga mjukvarureleasen. László hade inte kommit till kapellet, men Vincenzo, som fortfarande arbetade för samma stora underleverantör, dök upp till begravningen bara sekunder efter oss och hälsade på alla artigt och respektfullt. Det fanns två andra som hade anlänt före oss, en man och en kvinna i trettioårsåldern, som jag inte kände igen alls. De verkade inte vara italienare, och de få ord jag snappade upp från deras konversation var definitivt på ett främmande språk ... men med vissa likheter med italienska. Sofia var rumänska till födseln, något jag hade fått veta bara några dagar innan hon sa upp sig, och jag antog att det var det språket de talade. Mannen var lång, smal och ståtlig med ett litet, vältrimmat getskägg, medan kvinnan med honom, kanske två eller tre år yngre, var kortare och mycket slank.

* * * * *

Till skillnad från resten av oss i teamet verkade Sofia aldrig ha lidit av den mentala påfrestning som påtvingades oss andra. Hon verkade alltid kunna hålla sig lugn när möten exploderade i kaos. Utanför jobbet var hon en partyprinsessa med en otrolig talang för färgstarka och djärva klädval, men också en superb och kompetent affärschef trots att hon var yngre än nästan hela resten av ledningsteamet. Jag minns att hon vid mer än ett tillfälle sa: "Upp med hakan, det löser sig".

Innan projektet ens tog form hade hon arbetat för oss i två eller tre år och tidigare för vår klient i flera år innan dess, och hade därför en gedigen förstahandskunskap om deras verksamhet. Så vem kunde vara bättre än hon att ta över ansvaret för att hantera alla klientens krav och sedan fördela dessa till relevanta team? Någon beskrev henne en gång som proppen i dammen som annars skulle ha lett till en störtflod av krav och förväntningar som vällde över ett team som var dåligt förberedda för en sådan situation, och från en klient vars tålamod blev kortare och kortare med tiden. Hon kontrollerade och hanterade flödet, och jag kände ofta att tillsätta henne i den rollen var ett av de bästa besluten jag någonsin tagit.

Innan detta hade hon haft flera mycket ansvarsfulla, om än något mer juniora roller inom företaget, och för mig att placera henne i denna position var en chansning. Flera av mina föregångare och jag själv hade tidigare befordrat personer till ledande positioner där de sedan helt enkelt bröt ihop under den påfrestning som pålagts dem inom dagar efter utnämningen. För att vara rättvis hände det mig också till viss del, men det var människor som Sofia som gjorde mitt liv mycket enklare … eller kanske bara lite mindre svårt. Men som sagt, Sofia hade bara avslöjat sin bakgrund för mig några dagar innan hon sa upp sig. Hon höll sitt förflutna privat, och även om hon gärna var ute på stan på helgerna, tog hon sig alltid hem ensam. Jag besökte hennes lägenhet bara en gång när jag lämnade några dokument till henne en fredag kväll vid halv åtta som hon skulle granska över helgen inför nästa arbetsdags möte, och som bara precis hade kommit från klienten.

För mig var halv åtta en tidig avslutning. Jag kom sällan hem före klockan nio på kvällen. Min fru skämtade att det bästa med att jag hade det här jobbet var att hon kunde unna sig TV-program som repriser av Colpo Grosso [2] (känt som Tutti Frutti i de flesta andra länder) efter att Bella hade lagt sig för natten i sin spjälsäng innan de andra två föddes. När Andro föddes strax därefter försvann dock den möjligheten. Kanske gör föräldraskap en mer mogen. Den kvällen, för första och enda gången, bjöd Sofia in mig på kaffe. Jag antar att hon insåg att jag behövde en koffeinkick. Det var en fredag, och min fru hade tagit Bella och Andro till en ridtävling under helgen. Och Sofia, för första och enda gången, berättade för mig om några av de händelser som lett henne till att börja arbeta för vår klient efter universitetet.

“Du vet att jag föddes i maj 1978 i en liten by nära Oradea i sydvästra Rumänien, nära gränsen till Debrecen i Ungern...” (detta hade jag lärt mig från hennes CV när jag övervägde att anställa henne i hennes senaste roll inom företaget) “... och tyvärr kände jag aldrig min pappa eftersom han dog när jag bara var några dagar gammal”.

“Min mamma hade varit en skicklig gymnast i tonåren, men även om hon aldrig strävat efter att tävla internationellt själv, berättade hon för mig att hon hade utvecklat betydande färdigheter som tränare för yngre flickor. Jag vet inte hur det gick till, eftersom det under Ceausescu ofta var vem man kände, lika mycket som ens förmåga, som avgjorde vem som fick de högre rollerna som coach av elitgymnaster i Rumänien.

“Ändå är det precis vad min mamma hade uppnått, vid bara 22 års ålder, när hon blev en del av coaching-teamet som deltog vid OS i Montreal [3] 1976. Hon stod på sidlinjen när Nadia Comăneci, Teodora Ungureanu och resten av det rumänska laget tog tre guldmedaljer, ett silver, två brons och ett silver för laget. Och i bakgrunden, även om han inte var en gymnastiktränare, jag visste inte varför han var där då, fanns mannen som inte långt därefter blev min far.”

Och medan hon sa detta suckade hon ... en lång, djup suck, och för ett ögonblick vandrade hennes tankar i väg till en annan plats och tid ...Sofia berättade sedan att teamet återigen hade framgång i Moskva 1980, även om det inte blev en upprepning för Sofias mamma, som vid det laget hade en ung dotter på bara fjorton månader. Bara några dagar efter Sofias födelse hade hennes pappa avlidit i vad hon senare fick veta var en olycka, och hennes mamma hade stannat kvar i Rumänien i en administrativ roll.

Efter flera minuters tystnad började Sofia prata igen, som om hon plötsligt hade kommit ihåg att jag var där. “Det är lustigt, ett av mina tidigaste minnen är av en ung kvinna, inte min mamma, som lekte med mig med kritor och ritade bilder på golvet i vårt vardagsrum ...” Sofia tittade på mig. “Jag har alltid trott att det var Nadia, även om jag kan ha fel.” Sofia verkade plötsligt överväldigad av det hon berättade för mig och tog ett djupt andetag som nästan lät som om hon var på väg att börja gråta, men hon återfick snabbt sitt lugn och slappnade av igen medan hon fortsatte sin berättelse. Saknade hon sin pappa som hon aldrig fick lära känna, eller sin mamma, som bodde på ett hem några kilometer bort och led av långt framskriden demens som skulle ta hennes liv några månader senare? Eller bar hon fortfarande på en längtan efter sitt födelseland?

Hon började sedan prata mer om sina tidigaste minnen. “Du vet säkert att bara ett år efter OS i Moskva, när jag var omkring tre år gammal, kastades Rumänien in i en ekonomisk kris när Ceausescu införde kraftiga åtstramningar för att minska landets växande statsskuld. Även om åtgärderna orsakade stora svårigheter bland den vanliga befolkningen, var gymnastikeliten till stor del skonad från de värsta problemen, och jag såg OS 1984 på TV med min moster och morbror när Ecaterina Szabo ledde en framgångsrik medaljskörd. År 1988 gjorde Daniela Silivaş detsamma”.

"Gymnastikteamet hade varit skyddat, och gymnastik som sport hade uppmuntrats av många föräldrar som en väg ut från de ekonomiska svårigheter som många led av, även om få av deras barn faktiskt fick någon större nytta av det. Det sågs som en väg till framgång, till ära som kanske kunde komma, men sanningen var att de allra flesta barnen aldrig hade en chans. Trots min mammas privata träning visste jag att den absoluta eliten låg bortom mig, men jag var väldigt glad att få följa med på evenemang när min mamma återgick till huvudtränarteamet 1983, när jag bara var fem år."

"En dag kom min mamma hem med en ganska ynklig påse med matvaror. Under de senaste månaderna hade saker gått från dåligt till värre, finansiering hade dragits tillbaka från många sporter, och till och med gymnastiken hade drabbats av allvarliga nedskärningar. Jag måste ha varit nio då, eller kanske precis fyllda tio, det var 1988 tror jag. Vi svalt inte ... men maten började bli ett problem, liksom att värma vårt hem, och det blev inget mer resande med gymnastikteamet".

Efter några ögonblicks tystnad log Sofia ...

Och sedan, till min förvåning, berättade Sofia för mig hur hon hade lyckats lämna Rumänien.

Följande vecka sa hon upp sig från företaget.

* * * * *

Vid det här laget hade alla jag förväntade mig att se på begravningen samlats, med det anmärkningsvärda undantaget av László, och alla var märkligt artiga och glada, långt mer än jag någonsin sett dem vara på jobbet. Mebratu, företagets övergripande direktör för mjukvaru- och hårdvaruutveckling, ursprungligen från Etiopien, var där, liksom Bernardo som tagit över projektet från mig när jag avgick, Graham, den engelske mannen som ledde det som skämtsamt kallades för "nördgänget" och flera andra. Alla minglade och småpratade, log och delade sina minnen av Sofia. Tiden läker verkligen alla sår.

När vi gick in genom kapellets dörr körde en svart begravningslimousine med tonade rutor långsamt in på området. Kapellet hade ingen kyrkogård som sådan. Sofias aska skulle läggas i ett litet sidokapell inomhus där det fanns privata familjegravkamrar, de större under stengolvet och de mindre i nischer i väggen. Varje kammare var tillägnad en familj, och när vi gick in och samlades runt gravplatsen såg jag att denna familjekammare redan innehöll kvarlevorna av Sofias mor, som gått bort några år tidigare efter en kamp mot demens.

Det fanns ingen musik, men ljudet av en ensam kyrkklocka förkunnade ankomsten av huvudföljet, ledda av en präst. Mannen med getskägget var där, tillsammans med kvinnan jag sett med honom utanför. Men omedelbart bakom prästen och framför dem gick två unga kvinnor, definitivt tvillingar, i tjugoårsåldern, klädda i svart, var och en med mörkbrunt hår uppsatt på ett respektfullt sätt. De var otroligt vackra trots ingen antydan av smink, och en av dem bar en liten urna. De fyra satte sig på främsta raden, och när det var dags att placera urnan i väggen gick de två unga kvinnorna fram. En av tvillingarna bar urnan och överlämnade den till den andra, som i sin tur lade den i prästens händer för en sista välsignelse över kvarlevorna.

När detta var klart återvände de till sina platser, och prästen höjde sin högra hand och yttrade de avslutande orden, välsignande de närvarande: "I Faderns och Sonens och den Helige Andes namn." Efter några sekunders tystnad var ceremonin över. Gruppen på fyra ledde vägen ut, och de två unga kvinnorna gick direkt till sin bil och åkte omedelbart därifrån. Mannen med getskägget gick däremot runt bland de sörjande, vännerna som trott att de kände Sofia men som aldrig riktigt gjorde det, och till sist kom han fram till mig.

KAPITEL 1

KLINIKEN

Måndag 3 maj 2010

"Filippo Dinario, min herre, du kan gå in nu. Läkaren är redo att ta emot dig".

"Herr Dinario, du kan gå in ..."

Serena knuffade mig i sidan. Jag tittade på henne, förvånad, och hon sa: "De väntar på dig".

"Såg du vem det var?" flämtade jag. "Mannen som gick ut för några minuter sedan ... det var Lorenzo".

"Glöm att du såg honom. Du vill inte att någon annan ska nämna att du är här, eller hur?"

Serena och jag hade med omsorg valt den här kliniken, 22 kilometer utanför Milano, på motsatt sida av staden från vårt hem. Det sista jag hade förväntat mig var att se en kollega, särskilt Lorenzo, på samma plats. Det hade ju varit jag som hade föreslagit för honom att han behövde lite ... vägledning ... vad gäller hans, låt oss säga, beteendeproblem på kontoret, efter att han hade avgått som projektledare men ändå stannat kvar i företaget under sin efterträdare, och min företrädare i rollen. Och eftersom Lorenzo bodde nästan en timme åt motsatt håll, i vad jag förstod var en mycket liten lägenhet i ett ganska nedgånget område, var det sista stället jag hade förväntat mig att han skulle välja just denna exklusiva klinik. Lorenzo var aldrig känd för att spendera något på sig själv eller någon annan, så att han valde denna något exklusiva plats var en total överraskning.

Hade han sett mig? Och om han hade, hade han känt igen mig? Jag var knappast klädd i affärskläder och hade medvetet tagit ledigt på Serenas förslag för att vi noggrant skulle planera vår resa hit denna måndag. Lorenzo måste ha pratat med någon högre upp för att få ledigt.

"Jag tror inte att han såg dig, Filippo ... och hur som helst väntar de på dig. Gå in nu". Hennes ton var bestämd, men omtänksam, som hon alltid var när jag behövde hennes stöd. Det var tur att hon hade kunnat lämna barnen till en vän som kunde ta dem till skolan den morgonen och sedan köra mig till kliniken. Helt ärligt tvivlar jag på att jag skulle ha kunnat köra.

* * * * *

Kliniker som denna var inte ovanliga i områden med mycket högpresterande affärsverksamhet, även om denna klinik hade en mycket ovanlig miljö. Den var inrymd i en före detta kyrka som byggdes på 1500-talet tack vare en generös donation från en avlägsen medlem av familjen Medici. Gudstjänstbesökare hade genom århundradena behövt klättra 365 steg för att nå kyrkans västra dörr från byn nedanför, i linje med en kristen tradition om antalet steg som Kristus tros ha tagit när han bar korset till Golgata.

Nu för tiden var det lite enklare. Kyrkan hade stängts för allmänheten under de första åren av 1900-talet, när bostadsutvecklingen i den närliggande staden började krypa närmare det som då var lite mer än en by. Kyrkan var i dåligt skick och användes en tid som återhämtningscenter för svårt skadade soldater från första världskriget. En trädgårdsbänk placerades var trettionde steg uppför kullen, men kyrkan föll återigen i glömska 1926. Vid den tidpunkten togs den om hand av två munkar i ytterligare tretton år innan den återfick en funktion, denna gång för att vårda sårade från andra världskriget. Denna gång lyckades man hitta finansiering för nödvändiga reparationer.

De två munkarna, som hängivet ägnade sina liv åt sin tro, var fortfarande där när en amerikansk välgörare dök upp 1958. Hans farbror hade varit medlem i en elitstyrka från USA:s 92: a infanteridivision som under hösten 1944 hade trängt långt in på fiendens territorium. Trots allvarliga skador hade han gömts och vårdats av de två äldre munkarna i flera månader utan att deras goda gärningar någonsin kom till lokalbefolkningens eller de italienska soldaternas kännedom. Välgöraren, en framgångsrik och självgjord miljonär, hörde först 1957 talas om munkarnas vänlighet gentemot sin farbror och reste till Italien för att tacka dem personligen. Så tagen var han av deras vänlighet att han gav en mycket stor, men konfidentiell, donation för att omvandla kyrkan till en fullt fungerande klinik, inklusive installationen av två skickligt kamouflerade hissar – en för patienter från vägen vid kullen och en separat för personal. Och det var patienthissen som Filippo och Serena tog.

* * * * *

Det märkliga med psykologer är att de aldrig svarar på frågor som deras patienter ställer, utan i stället alltid vänder frågan tillbaka till patienten, ofta med några tyst uttalade ord som lägger ansvaret för att fortsätta på patienten ...

"Vad tycker du?"

"Hur påverkade det dig?"

"Hur fick det dig att känna?"

Dr. Xanthia, inte hennes riktiga namn, jag lovade att inte identifiera henne – låt oss bara säga att hon var grek, var en sådan psykolog.

Den påfrestning det innebar att hantera ett stort mjukvaruprojekt som höll på att falla samman, ett som hade varit dömt att misslyckas redan från början, som låg arton månader efter i en planerad leveranstid på sjutton månader, med enorma budgetöverskridanden och hot om att min egen anställning skulle vara i fara, hade fört mig hit. Jag hade kommit hem föregående onsdagskväll med en bultande huvudvärk och hade inte kunnat hålla ett glas för att ta den cocktail av mediciner jag fått för att hjälpa mig att sova. Glaset hade krossats på köksgolvet, och Serena hittade mig på knä, där jag försökt samla ihop små glasbitar med bara händerna och skurit mig i flera av mina fingrar.

Serena tog över, hjälpte mig att sitta lutad mot väggen i hörnet, satte på plåster som hon hade till hands för att stoppa blodflödet, sopade upp glaset, torkade golvet och gav mig sedan mina tabletter en i taget, med hjälp av en plastmugg från picknickkorgen hon förvarade i ett sidoskåp. När jag gav tillbaka muggen till henne lade hon sina armar om mig, och jag bröt samman i nästan okontrollerbar gråt. De säger att bara en patient själv kan be om psykologisk eller psykiatrisk behandling, men när Serena såg på mina tårdränkta kinder och sa ett ord, väldigt mjukt: "Nog". Jag svarade helt enkelt: "Kan du?" och hon svarade: "Ja".

Serena lade plåster på mina skadade fingrar med den inbyggda skicklighet som varje mamma och fru lärt sig av livet självt. Följande morgon konstruerade hon en trovärdig historia om min frånvaro, och sa att jag verkade ha en ganska otäck infektion och att hon skulle ta mig till en läkare. På fredagseftermiddagen ringde hon kontoret igen och sa att om inget förändrades på måndagsmorgonen skulle jag behöva undersökas igen och att hon skulle meddela dem när jag skulle kunna återvända senast på tisdag. Tydligen accepterade min sekreterare, Denni, historien utan att ifrågasätta den.

Jag återberättade händelserna från föregående onsdagskväll för Dr. Xanthia, och i slutet sa hon ingenting, utan gav mig den där blicken som sa: "Det finns mycket mer än bara det, eller hur?"

Hon trängde sig inte på, hon tvingade mig inte, hon ställde bara frågan med sina ögon. Det tog mig flera minuter att samla mina tankar, och affärsmannen inom mig tänkte till för ett ögonblick, att detta var en dyr tystnad. Jag förklarade i stora drag problemen jag stod inför på jobbet. Jag hade blivit utsedd till projektledare för ett stort mjukvaruprojekt, den fjärde att inneha rollen på lite mer än två år. Jag säger "utsedd", jag tror att det rätta ordet faktiskt var "tvingad". Helt ärligt, när jag gick med på att flytta till Milano hade jag inte så mycket val. Min chef, Mebratu, och hans chef, Amaïa, gav mig i praktiken två alternativ: flytta till huvudkontoret som projektledare eller flytta till huvudkontoret som underordnad chef ... "... och du vet mycket väl, Filippo, att du är rätt person för jobbet, eller hur".

* * * * *

"Så jag flyttade mig själv, min familj och hela vårt liv från en lugn och ganska vacker villa nära Sorrento, sa adjö till mitt hårt arbetande och framgångsrika team i ett luftkonditionerat kontor på landsbygden utanför Neapel, och begav mig norrut till Italiens finansiella och modemedvetna centrum, Milano. Helt ärligt var det den sista platsen jag ville vara på. Trots Merli-lagen [4] från 1976, som syftade till att förbättra miljön, var luftföroreningar fortfarande ett betydande problem (inte den bästa platsen att uppfostra en ung familj, som du säkert förstår), och som du kanske vet hade Italien på 1990-talet världens tionde högsta nivå av industriella koldioxidutsläpp, med Milano högt på listan för trafikföroreningar. Saker och ting hade förbättrats lite när jag flyttade dit, men de flesta dagar kunde du fortfarande känna smaken av föroreningarna i luften".

Efter några ögonblick för att samla mina tankar fortsatte jag: "Okej, sa jag till mig själv, få projektet färdigt och vi kan flytta tillbaka till Sorrento. Men vi sitter fortfarande fast här ... och projektet verkar inte komma någonstans, åtminstone inte i riktning mot mållinjen".

"Varje dag ringer telefonen medan jag fortfarande äter frukost, och jag tar säkert två eller tre samtal bara under bilfärden till kontoret. Det är så illa att jag måste hålla min mobiltelefon laddad dygnet runt. På jobbet känner du en pyrande ilska och frustration som påverkar nästan hela teamet. Jag försöker balansera arbetsbelastning med en skyhög frånvaro på grund av sjukskrivningar. Jag har haft flera personer som helt enkelt inte dyker upp på jobbet en dag, deras telefoner går direkt till röstbrevlådan och de svarar inte, och vi har aldrig hört från dem igen ... ingen uppsägning ... ingen adress för eftersändning ... ingenting".

"Jag är glad om jag kan lämna kontoret vid 19:00, ibland vid 20:00. Jag behöver någon som introducerar mig för barnen igen snart. Jag har haft tre lördagsmöten på kontoret under de senaste fyra veckorna och ligger ofta vaken vid 03:00 och försöker räkna ut vad jag ska göra härnäst för att få saker tillbaka till någon form av normalitet. Förra veckan dök finansdirektören och chefsjuristen upp oannonserat från huvudkontoret, och det gjordes mycket tydligt, även om det inte sades rakt ut, att min position hänger på en skör tråd ... och jag ... orkar ... bara ... inte ... längre ..."

Dr. Xanthia tittade på mig och frågade mycket tyst en av de där typiska psykoanalytikerfrågorna: "Hur får det dig att känna dig i dig själv? Glöm jobbet, ignorera din familj för ett ögonblick ... hur mår du?"

"Vi har ett stort mötesrum där man kan sätta femtio personer runt borden när de är samlade. Flyttar man undan dem kan man skapa en föreläsningssal för över 250 personer. Det har ett smeknamn ... Cirkusen ... och ibland när du är där känns det som om clowner, lejon och akrobater och allt annat uppträder samtidigt. Det finns ingen kontroll, ljudnivån är öronbedövande och ärligt talat uppnås ingenting. Alla gör åtaganden, och när man lämnar och återvänder till sitt eget skrivbord ringer telefonen ... och det är den personen ... eller den andra personen ... och det är alltid samma sak de säger ... slöseri med tid ... varför brydde jag mig ens om att komma ... och så vidare. Och helt ärligt, det är precis så jag också känner".

"Så hur hamnade du i den positionen, och vad hände?"

Jag tog några ögonblick för att överväga mitt svar. "Du vet, ibland tänker jag tillbaka på tiden jag ledde projektet och varje gång har jag frågat mig själv om det fanns något jag kunde ha gjort annorlunda. När jag tog över som projektledare var jag den fjärde personen att ha den positionen, och under de första två veckorna kände jag verkligen att mina seniora chefer stödde mig ... och sedan, var det nästan som om världen vände sig emot mig. Min chef, övergripande ansvarig för mjukvaru- och hårdvarusystem, Mebratu, ringde mig en dag och sa att han skulle uppskatta mina synpunkter. Detta var innan jag utnämndes till projektledare, och jag var fortfarande baserad i Sorrento. Det var en del av min arbetsbeskrivning att utföra projektgranskningar. Vid den tiden leddes projektet inte av min omedelbara föregångare, utan av hennes föregångare, och det var min input i projektgranskningen som verkligen orsakade förändringen från en ledare till en annan. Projektteamet hade ursprungligen börjat arbeta på mjukvaran som skulle behövas för ny teknik, med hårdvara var fortfarande under produktion, där både mjukvara och hårdvara utvecklades men ännu inte var klara för användning, innan det ens såldes till kunden. Logiskt sett låter det möjligt".

"Men några månader senare fann jag mig själv i princip tvingad att ta över projektet själv".

"Gå tillbaka ungefär tjugo år, till andra halvan av 1980-talet, och jag var inne på mitt tredje år på universitetet under mitt praktikår. Eftersom min examen kretsade kring ekonomi med inriktning på bank- och finanssektorn gjorde jag tre praktikperioder. En i New York, en i Tyskland och en i London, på tre olika banker. Alla hade stora systemprogrammeringsavdelningar och alla hade trading-avdelningar där enorma mängder valutor köptes och såldes. Den absoluta majoriteten av dessa transaktioner skedde i fem valutor: amerikanska dollar, brittiska pund, tyska mark, schweiziska franc och japanska yen".

"På banken i London fanns en kille som arbetade med att automatisera distributionen av alla transaktionsuppgifter till Reuters och Telerate. Det här var innan internet, innan e-post, och mobiltelefoner var i sin linda. I nästan varje finanssektors handelsrum runt om i världen fanns det TV-skärmar som visade de senaste fem transaktionerna för varje valuta. Den banken, eftersom den var i Storbritannien, fokuserade på brittiska pund, så det var de andra fyra valutorna som hade sina egna skärmar. Programvaran han skrev, den snabbaste i världen vid den tiden, gjorde det möjligt för banken att uppnå något före alla andra banker i världen – de andra fyra valutorna, de senaste fem posterna i varje valuta, tjugo poster totalt ... och hans bank var på varje rad.

"Det fick mig att tänka. För att uppnå dominans måste du ligga steget före resten av världen. Så mitt nuvarande företag ville göra just det med den programvara vi förväntades producera, och ärligt talat så ville alla andra det också. Bara ett problem! Vi hade och fortfarande har, den här geni-säljaren som sålde koncept till sina kunder när de fortfarande bara var det ... koncept. Och den här kunden gick med på det och trodde att detta specifika koncept var mycket mer utvecklat än det faktiskt var. Vi fick kontraktet, men det stora problemet var att kunden trodde att vi var mycket mer avancerade teknologiskt än vi var i verkligheten ... eller hoppades att vi var ... och sedan var vi tvungna att skapa det som hade sålts till kunden".

"Så det fanns tre projektledare före mig. Den första hanterade förhandlingarna före försäljning och de inledande lanseringsperioderna ... Ginevra ... eftersom det var hennes specialitet. Sedan klev hon åt sidan några månader in för att lämna plats åt en projektledare som skulle övervaka själva byggandet av kundens system. Det var Lorenzo. När han gjorde ett monumentalt dåligt beslut, beslutades det att ta bort honom från det övergripande ansvaret för projektet, även om han stannade kvar i en något mer junior roll. Min omedelbara föregångare var Angelina, och när hon bröt ihop blev jag tillfrågad, men ärligt talat med få valmöjligheter, att bli projektledare nummer fyra. Men vi befann oss på okänd mark och hade helt enkelt ingen lösning som kunde utföra jobbet, så vi var tvungna att skapa allt nästan från grunden när tekniken inte ens hade kommit tillräckligt långt för att uppnå vad kunden trodde att de fick".

"Vid den tidpunkt då jag tog över var vi redan mer än ett år efter den ursprungliga planerade slutdatumet för leveransen av projektpaketet. Lehman Brothers [5] hade nyligen kollapsat i USA, vilket innebar att finansieringar drogs in på många håll. Vi var långt över budget, inte ens i närheten av att slutföra det som behövde göras, och en stor del av problemet var att alla trodde att de var ansvariga, men ingen ville acceptera det verkliga ansvaret, vilket ledde till ett konstant skuldbeläggande mellan ledningsgrupper i varje avdelning".

"Som jag sa, det fanns andra projektledare efter Ginevra och före mig ... Lorenzo och sedan Angelina. De gjorde sitt bästa, men efter att ha pratat med båda sedan jag tog över, särskilt med Angelina den dagen jag utsågs, är det tydligt att de led av varierande grader av stress när de såg hela projektet kämpa. Angelina var min omedelbara föregångare, och hon och jag träffades medan jag var på huvudkontoret för mina intervjuer. Det var tydligt att hon var väldigt orolig, och hon gjorde det mycket klart för mig att hon ville att jag skulle få jobbet. Hon använde faktiskt ordet 'fly' för att beskriva sin önskan att komma ut ur jobbet så snart som möjligt. Hon sa upp sig när jag började, och ingen har hört ett ord från henne sedan dess".

"Lorenzo är fortfarande kvar i företaget men är långt borta från det här projektet nu, även om han stannade kvar i en mindre ledande roll ett tag. Jag tror inte att projektets problem påverkade honom lika mycket som det gjorde för hans efterträdare, Angelina och mig själv, eftersom han hade en avgränsad uppgift att utföra när vi formellt lanserade. Men jag har träffat honom socialt utanför arbetet vid två eller tre tillfällen sedan dess, och även om han var tvungen att kliva åt sidan vid en viss tidpunkt i projektet är det tydligt att han var väldigt lättad över att ha kommit bort när han gjorde det".

"Hur som helst, tillbaka till min tid i rollen. Under de första två veckorna, som jag nämnde, kände jag att jag hade stödet från den högsta ledningen, och därefter kändes det som om jag stod mot en vägg med en exekutionspatrull av seniora chefer redo att skjuta mig. Jag fattade dock två beslut som verkligen lättade på trycket. Det första var att jag åsidosatte två stridande chefer inom Milanos team, var och en försökte överglänsa alla andra och skulle aldrig acceptera något ansvar för några problem, även om en betydande andel av dessa problem faktiskt orsakades av dem och deras team. Det andra beslutet var att vi hade en ung kvinna där som inte var särskilt senior, Sofia, rumänska till födseln, naturaliserad italienska, men trots den uppenbara bristen på erfarenhet hade hon en otrolig förmåga att samla information från alla andra chefer, paketera och presentera den perfekt, och sedan sprida den tillbaka på ett sätt som fick saker att hända. Jag befordrade henne ... stort ... och hon återgäldade mitt förtroende genom att bokstavligen bli en mänsklig sköld. Hon hade en fantastisk övertalningsförmåga, fick information från människor med en otrolig lätthet och skickade tillbaka instruktioner som fungerade. Hennes befordran var det bästa beslutet jag någonsin tagit. Men, för drygt två månader sedan, lämnade Sofia in sin uppsägningsansökan – fyra veckors uppsägningstid – och hon slutade för sex veckor sedan efter att ha använt upp några semesterdagar hon hade kvar. Det kom helt oväntat, min buffert var borta, och jag var tvungen att ta över hennes roll eftersom det helt enkelt inte fanns någon annan jag kände hade hennes färdigheter och kontrollnivå".

Jag stannade. Jag tog flera långa, djupa andetag. Dr. Xanthia väntade, utan att någonsin ta bort blicken från mig.

"Det är något konstigt som är värt att nämna. Jag nämnde mötesrummet, Cirkusen. Varannan fredag fanns det en oskriven regel. Seniora medarbetare började en timme tidigare på morgonen, arbetade genom lunchen, och sedan mitt på eftermiddagen samlades vi i Cirkusen, inte för att arbeta, utan för att koppla av. Det fanns alltid drycker och snacks, och det var den enda gången atmosfären där inne kunde beskrivas som nästan vänlig. För vissa var det början på en lång kväll av socialt umgänge. De med familjer gick hem senast vid sex, men Sofia var alltid den första att lämna, precis klockan fem. Medan andra pratade om familj, vänner, vad de skulle göra på helgen eller sin semester, gjorde hon aldrig det. Hon deltog alltid i konversationerna, lyssnade alltid, ställde ofta frågor, men gav aldrig några svar. Ingen av oss visste något om henne, förutom en kväll när vi träffades kort utanför arbetet, då jag lämnade över några dokument och hon berättade för mig hur hon hade kommit från sitt hemland Rumänien till Italien ... och även det var begränsat till hennes tid fram till universitetet. Min fru, Serena, och jag pratade ofta om det, men som alla andra kunde vi aldrig få inblick i Sofias liv. Det var alltid privat".

Jag tittade på Dr. Xanthia. Hon nickade, den nästan omärkliga nicken som kommer av många års erfarenhet i sitt område.

"Vi har mycket mer att diskutera, tror jag", sa hon. Jag nickade. En timme hade gått så snabbt. Utanför bokades en ny tid för följande dag, och Serena och jag gick därifrån.

På tisdagsmorgonen ringde Serena min chef, Mebratu, på kontoret och sa att jag skulle vara borta i minst en vecka, men att jag skulle hantera nödvändiga ärenden via e-post – inga telefonsamtal. Återigen accepterades hennes meddelande utan några invändningar. Under de följande fyra dagarna fick jag inte ett enda e-postmeddelande.

* * * * *

På tisdagen öppnade Dr. Xanthia sessionen med en ganska överraskande fråga: "För att hjälpa mig att förstå hur dina problem verkligen byggdes upp i ditt sinne vill jag veta bakgrunden till projektet du arbetade med, säg från när din föregångare började få stora problem och vad som helst annat du anser vara relevant. Försök att sammanfatta det till, låt oss säga, högst fem minuter". Jag tänkte ett ögonblick och insåg att jag var så van vid att hålla femminuterspresentationer vid stora möten, där sådana tidsbegränsningar ofta infördes, att det inte borde vara särskilt svårt. Jag rensade mina tankar en stund, Dr. Xanthia hade redan den effekten på mig och började:

"Okej. Här är det så sammanfattat som jag kan återge det".

"I juni 2008 var min föregångare ansvarig för två betydande lösningar. Den ena var vad som kallas ett full-stack-system. Kort sagt är det en omfattande uppsättning mjukvaruprodukter och relaterad teknik som gör att den specifika mjukvaran kan köras/användas. Den är generiskt och kan modifieras för att användas av vilken kund som helst. Den andra lösningen vi utvecklade var specifikt för klienten och inkluderade ett CRM-system – det står för Customer Relationship Management, vilket gör det möjligt för deras kunder att komma åt sina personliga konton i det system vi byggde, skicka och ta emot meddelanden till och från klientens supportpersonal, och låter vår klient skicka användbar information tillbaka till sina kunder. Det finns ganska mycket mer än det, inklusive att ändra bankuppgifter, ändra betalningsdatum och det som vanligtvis kallas vanliga frågor (FAQs – Frequently Asked Questions)".

"En del av problemet var ett faktureringssystem som hade skrivits på fel sätt under den andra projektledaren. Det behövde demonteras när problemet upptäcktes under den tredje projektledaren, min företrädare".

"Det fanns också ett tredje system, något vi redan hade, som hanterade kundens behov av realtidsfakturering. Den skulle, eller åtminstone borde ha varit, integrerad i resten av lösningen. Problemet var att en del av det inte fungerade med klientens krav ... och det var ett stort problem".

"Den tredje projektledaren, Angelina, som tog över när detta större problem upptäcktes, frågade mig om mitt team av datanördar i Sorrento, där jag fortfarande var baserad då, kunde ta en titt på problemen under en lucka i deras schema och se om de kunde hitta en eller flera lösningar. Tack och lov lyckades de".

Dr. Xanthia avbröt kort: "Så ditt team var inblandat, åtminstone vid det stadiet?"

"Ja, men inte jag. De blev i praktiken tillfälligt utlånade eftersom de hade en lucka i sitt schema. Men projektet hade blivit så komplext vid den tidpunkten att problemen, om något, blev värre i stället för bättre med tiden. Och det berodde främst på att den hårdvara vi behövde fortfarande utvecklades och inte hade något att göra med det arbete som mitt lilla team utförde under sin tillfälliga roll. Deras arbete var exemplariskt. I princip hade klienten sålts en lösning som var för avancerat och för komplext för den teknik som då var tillgänglig, och att utveckla den tekniken tog mycket längre tid än förväntat".

"Lägg till i mixen behovet av att hitta personal någonstans, jag vet inte var, för att integrera den tredje lösningen i huvudleveransen, och det löstes genom att ta folk från de andra två delarna av projektet. Det orsakade förseningar i de andra delarna. Det orsakade också mycket missnöje bland yngre chefer som såg sina bästa personer tas från dem för att arbeta med den tredje lösningen av projektet. I vissa fall övergick det missnöjet till ren ilska".

"Lägg till ekvationen det faktum att den kundspecifika lösningen av det hela kallades 'master' och skulle agera styrsystem i full-stacklösningen. Med andra ord behövde de andra två lösningarna integreras med den biten, och att göra det var en mardröm för en mjukvaruutvecklare. Klienten satte sin egen man i regelbundna veckomöten med min chef, och hans krav, när de filtrerades ner, skapade fler problem för de andra två delarna. Deras representant insisterade till och med på att min chef skulle flytta permanent till det huvudsakliga utvecklingscentret. Jag tror inte att det togs emot särskilt väl".

"Omfattningen av det arbete vi gjorde för kunden borde ha kunnat leverera en enastående kundupplevelse. Med andra ord, om systemen och processerna vi producerade fungerade korrekt, skulle det vara mycket enkelt för vilken medlem av allmänheten som helst, eller vilket företag som helst, att bli kund hos dem via ett helt automatiserat online-system för registrering och personlig kontohantering. Under registreringsprocessen, och under hela deras tid som kund hos vår klient, skulle dessa kunder ha väl utformade självbetjäningsmöjligheter online, och vår klients produktledning skulle kunna lansera nya och innovativa produkter till sina kunder inom minuter i stället för veckor.

"Det är i princip allt!"

Jag tittade på klockan. Drygt tre minuter och fyrtio sekunder. Det var bra, även med mina mått mätt!

Resten av sessionen handlade om hur dessa problem påverkade mig när jag tog över projektet, och i slutet av sessionen började jag känna att jag lärde mig vad jag behövde göra för att hantera situationen.

* * * * *

Sessionerna med Dr. Xanthia på onsdagen och torsdagen gav mig möjlighet att förklara hur alla andra seniora teammedlemmar, en grupp olika individer som på något sätt alla hade hamnat i detta projekt, bidrog i sina respektive roller. Jag beskrev deras bakgrunder, styrkor och brister, och hur var och en bidrog till vad som i praktiken var en smältdegel. Det hjälpte mig också att förstå vad jag behövde göra för att förändra saker och ting för mitt eget sinnestillstånd.

På fredagen kände jag mig tillräckligt stark för att återvända till kontoret. Jag ringde och ordnade så att jag skulle återuppta arbetet på måndagen.

KAPITEL 2

BÖRJAN PÅ SLUTET

Måndag 10 maj 2010

Det var lite av en överraskning när jag hittade Bernardo vid mitt skrivbord när jag kom tillbaka från sjukskrivningen, men det berörde mig inte särskilt mycket.

Han bad omedelbart om ursäkt för att han satt på min plats och förklarade att han bara hade fått reda på för cirka tjugo minuter sedan att jag skulle återvända till jobbet den dagen. "Oj, ursäkta mig", sa han. "Jag är ute härifrån om bara några ögonblick. Amaïa bad mig hålla din plats varm medan du var borta, och det var enklare för mig att göra det här än vid mitt eget skrivbord. Jag gick bara tillbaka dit när jag behövde".

Han hade sagt att det bara skulle ta några ögonblick, och han höll sitt ord. Faktiskt, inom nittio sekunder nickade han åt mig, plockade upp några personliga saker och var på väg ut ur mitt kontor. "Vi ses på mötet klockan tio", sa han, medan han öppnade den fjädrande dörren med foten, händerna fulla av dokument, och hans favoritkaffekopp dinglande farligt från ett finger. "Möte? Vilket möte?" ropade jag när han klev ut och gick mot kaffemaskinen i korridoren. Hans huvud dök upp runt dörren igen. "Förlåt, jag borde ha nämnt det. Jag blev ombedd att meddela dig att vi ska vara i Amaïa's kontor klara att börja klockan 10". Och tillade, nästan som en eftertanke medan han försvann nerför korridoren, "Vi ses då".

Detta var inte den Bernardo jag kände. Bernardo var en av de där väldigt lågmälda männen, aldrig stressad, aldrig påträngande, aldrig en som högljutt gjorde sin närvaro känd. Han var alltid diskret, alltid lugn, men till skillnad från Sofia, aldrig någon man omedelbart tänkte på som en riktig ledare. Ändå hade han ledaregenskaper. Han fick inte bara saker gjorda, utan han kunde också, mycket lugnt och mycket beslutsamt, få andra att göra saker. Men detta var annorlunda. Det var första gången jag någonsin hade sett honom ens det minsta skakad, utanför "Cirkusen". Och jag hade lite mer än en timme på mig att ta reda på vad som låg bakom det.

När han gick ut dansade han nästan nerför korridoren medan han nynnade på de första takterna från Make 'Em Laugh [6] från filmen Sing'in In The Rain ... helt utanför hans normala beteende. Och när jag gick för att hämta mig en kaffe tio minuter senare mötte jag honom, tillsammans med Amaïa, i korridoren igen. Den här gången är jag säker på att han nynnade något från Mary Poppins. När som helst nu, tänkte jag, kommer han att följas av en hop sjungande tecknade figurer. Efter att ha varit borta i mer än en vecka hade jag mycket att komma i kapp med. Som Bernardo hade sagt hade han blivit ombedd av Amaïa att täcka för mig under min frånvaro. Normalt hade jag förväntat mig att Sofia skulle vara där, men med hennes uppsägning fanns inte det alternativet. Och Bernardo skulle normalt inte ha varit mitt val för att ta min plats under min frånvaro. Men å andra sidan, jag var inte där för att fatta det beslutet. Med det sagt var Bernardo exemplariskt välorganiserad, och det fanns en prydlig hög papper, alla vackert märkta, som gjorde det möjligt för mig att omedelbart prioritera vad jag borde titta på först. Om jag hade varit ensam skulle den här högen ha varit något mer oorganiserad, men med Bernardos indexering och handskrivna kommentarer var det mycket enkelt att gå igenom.

Ändå, när jag började gå igenom innehållet, tog det inte mer än till tredje sidan innan jag påmindes med en rejäl chock om hur allvarlig situationen var med projektet. Det hade sålts till kunden av en “stjärnsäljare”, Giorgio, som hade överdrivit vår förmåga att utföra jobbet med mjukvaruverktyg som antingen fortfarande var i sin linda eller ännu inte utvecklade. Projektet hade ursprungligen en slutleverans inom 17 månader från starten. Ändå stod vi här, tre år senare, med tre större mjukvarupaket installerade tillsammans med en rad mindre fixar, korrigeringar och patchar likt ett ”Frankensteinsmonster”. Varje gång systemet kördes hade det uppstått stora problem, vilket krävde veckor eller till och med månader av justeringar och skapade fler och fler buggar längs vägen. Ett sista kodsläpp för att “äntligen avsluta detta” låg fortfarande nästan sex veckor bort. Förhoppningsvis skulle vi den här gången äntligen kunna tillfredsställa klienten.

Bernardo hade tidigare arbetat för ett annat företag i Milano, en konkurrent när det gällde att vinna mindre mjukvarujobb, men också en underleverantör till vårt företag eftersom de specialiserade sig på mindre men mycket specialiserade modulutvecklingar. Det var genom den underleverantören som mitt företag först kom i kontakt med Bernardo. Det företagets etos och deras tillvägagångssätt för att lösa de problem som varje mjukvaruföretag står inför var väldigt annorlunda jämfört med vårt.

Bernardo, känd för sin uthållighet, blev en måltavla som en potentiell nyanställd men behövde övertygas för att byta företag. Delvis för att han ville hålla sig till sin tidigare arbetsgivares metodik och processer. Han sågs som en mycket stabil hand på rodret och fick till slut ett erbjudande som han helt enkelt inte kunde motstå. Han började hos oss för ungefär fem år sedan. Bernardo själv hade fått in i sitt anställningskontrakt att han skulle fortsätta använda den metodik och de processer han hade lärt sig hos sin tidigare arbetsgivare medan han arbetade hos oss.

Det antydde nästan att han visste tillräckligt om vårt sätt att arbeta för att inse att vi hade problem som han skulle kämpa med om han tvingades ändra sitt arbetssätt. Jag kunde förstå hans ståndpunkt, för att vara uppriktig. Några seniora personer på vårt företag ogillade det, men han var så bra och effektiv i det han gjorde att ingen någonsin skulle konfrontera honom eller försöka ändra hans inställning. Ärligt talat kunde vi inte klara oss utan honom. Bernardo var nu bara några månader från sin fyrtionde födelsedag, och vårt företag var bara hans andra arbetsgivare sedan han lämnade universitetet.

Det var just denna mycket effektiva och mycket lugna men fasta inställning till problemen vi nu stod inför som innebar att både Bernardo och jag stod inför en stor överraskning. Jag anlände till Amaïa's kontor i god tid och fann att inte bara Bernardo redan var där, utan även min omedelbara chef och Amaïa's ställföreträdare, Mebratu. Han hade en gång varit en etiopisk flykting och hade blivit chef för hela mjukvaruteamet, som inte bara övervakade vårt projekt utan vid den tiden, också ungefär tjugofem andra mycket mindre projekt. Till min förvåning var också Giorgio närvarande.

Vi kallade Mebratu för "chefen" men Amaïa var den övergripande operativa ansvarige för företagets dagliga aktiviteter. Mebratu hanterade allt som hade att göra med mjukvaruprojekt. Bara två personer stod över Amaïa i företagets hierarki, Massimo, vars namn ironiskt nog betyder "den störste" – vi såg honom nästan aldrig förutom vid den stora årliga prisutdelningen och vid några få exklusiva möten – och Pietro, den tyste, tekniskt sett Massimos ställföreträdare och Amaïa's chef.

Stående tyst i hörnet fanns faktiskt Pietro. Som jag just nämnde var han Amaïa's omedelbara chef och därmed två nivåer ovanför Mebratu. Han var en av de där typerna som nästan aldrig talar, men du vet att han tar in varje ord. Jag är övertygad om att han nästan alltid är den som fattar beslut om anställning och uppsägning. Ögonblicket jag såg honom tänkte jag att jag var förlorad.

"Kom in, Filippo", sa Mebratu med ett brett leende. "Hämta dig en kaffe och vad du än vill från bordet där borta", sa han och gestikulerade mot ett generöst laddat bord med förfriskningar, "och sätt dig när du är redo. Ingen brådska!"

Amaïa hade redan serverat sig själv en latte och någon sorts gräddig bakelse, medan Bernardo hade en americano och flera chokladkex. Pietro, märkligt nog, verkade lite obekväm och hade bara tagit en kaffe med mjölk och inget att äta. Den andra personen i rummet var Giorgio, säljaren som hade pitchat och sålt projektet till kunden. Han stod och tittade ut genom fönstret och verkade minst sagt rastlös.

"Förra helgen, eller rättare sagt torsdag eftermiddag, flög jag ner till mitt lilla ställe nära Bari ... jag vet, Amaïa, jag sa att jag arbetade hemifrån ... jag tänjde bara på sanningen lite och tillbringade merparten av de 36 timmarna med att gå igenom varenda liten detalj från den dag vi först tittade på Giorgios förslag till kunden fram till och med förra veckans förberedelser inför nästa kodlansering och vad som fortfarande återstod att göra. Och jag kom fram till slutsatsen att vi, för att uttrycka det milt, sitter rejält i skiten", började Mebratu.

Med det tittade både han, Amaïa och Pietro rakt på Giorgio, som verkade vrida sig obekvämt.

"Det här är en mjuk- och hårdvaruleverans som är, och alltid var, ouppnåeligt eftersom, som vi alla har lärt oss till vår stora kostnad att leveransen vid försäljningstillfället och delvis fortfarande, mest var en projektion av vad som skulle kunna uppnås, kanske med ytterligare två år som bästa scenario. Och eftersom det är längre tid än vad vi har haft på oss inom den ursprungliga tidsramen på sjutton månader, tror jag att det är rättvist att säga att kunden, för att uttrycka det milt, är på gränsen att förlora tålamodet".

"Vi ... okej, jag, har beslut att fatta, och det är i grunden vad det här mötet handlar om".

Jag öppnade munnen för att tala, men Mebratu tystade mig med en lätt höjd hand.

"Filippo, du har gjort ditt allra bästa, och det är ingen överraskning att din hälsa har tagit stryk. Amaïa och jag har alldeles för mycket arbete med alla andra projekt under vår kontroll, förutom det här, och Bernardo har kapacitet att hantera något han gör mycket bra ... nämligen en irriterad kund som vill ha avslut".

"Som jag sa tog jag vad alla trodde var en långhelg som började förra torsdagskvällen. Sanningen är att jag arbetade hela helgen, i tysthet och privat, nere på mitt ställe utanför Bari. För att vara mer exakt började jag faktiskt arbeta med det här mötet medan jag fortfarande väntade på att planet skulle lämna sin plats vid Malpensa flygplats. Det var den längsta icke-långhelgen jag tror att jag någonsin har haft. Min fru var, för att uttrycka det milt, mer än lite irriterad över att bli lämnad med barnen i mer än fyra dagar när jag kommer hem i kväll, men plikten går före ..."

Mebratu pausade. "Giorgio, vad tänker du ... och var helt ärlig. Inget sälj- och marknadshype ... tack".

Giorgio såg synbart chockad ut över att bli ombedd att kommentera. Han hade kommit till mötet och förväntat sig att bli utskälld för sin alltför entusiastiska försäljningstaktik. Om han skulle vara helt ärlig mot sig själv, visste han när han presenterade projektet för kunden att det fanns luckor i kapaciteten hos befintlig mjuk- och hårdvara för att uppnå det han hade föreslagit. Men som så många i hans position med stora företag i den här branschen, hade han antagit att utvecklingen av den nödvändiga mjukvaran skulle vara en formalitet, med tanke på den hastighet med vilken mjukvaror utvecklades inte bara här, utan överallt, och att framstegen inom hårdvaruteknik automatiskt skulle följa med. Någon, någonstans, antog han, att vi skulle komma på den nödvändiga koden och allt skulle vara bra ... utom att det inte var det, ens nu.

Han valde sina ord noggrant, men bestämt. Han drog ett djupt andetag innan han började tala.

"Jag gjorde ett misstag, ett stort misstag, och jag förväntar mig att ta emot all den kritik jag förtjänar," började han. Sedan stannade han. Mebratu höll sin blick, och han kunde känna sig själv börja krackelera. Hans sinne blev tomt i några sekunder.

"Kunden vill dra sig ur!"

"Bra," sa Amaïa, och hon vände sig till Mebratu. "Det här är lösningen jag skulle föreslå, och jag skulle verkligen uppskatta dina tankar och idéer först".

"Den slutgiltiga – och jag använder det ordet med försiktighet – kodreleasen är planerad inom några veckor. Om det fungerar, kan vi alla dra en lättnadens suck och börja förflytta oss mot den fullständiga och slutliga överlämningen. Ärligt talat tror jag inte att vi har en chans i världen ... eller hur?" Den här gången stirrade hon direkt på Giorgio. "Men vi är vid en punkt där vi faktiskt inte har något att förlora, så vi gör det".

Hon såg rakt på Mebratu. "Jag är dock mycket medveten om din arbetsbörda. Mebratu, du försöker övervaka alla tio stora projekt. Jag skulle vilja föreslå att det reduceras till sex, plus att du håller ett öga på detta som rådgivare till Filippo. Filippo, du tar det övergripande ansvaret för detta projekt och lägger till tre av Mebratu's projekt som nästan är klara. För dig är det en mellanliggande befordran, eftersom Bernardo kommer att ta din plats enbart för detta projekt för att nå ett avslut vilket det än blir, och han kommer att bära den största arbetsbördan". Bernardo lyste av belåtenhet. Visste han vad han gav sig in i ... eller gjorde han det? "Med andra ord skapar jag en ny position för dig, Filippo, med ett mer flexibelt uppdrag".

"Jag vet, Bernardo, att du har den uthållighet som behövs för att ta oss igenom detta. Om kodreleasen går bra hanterar du avvecklingen och överlämningen. Om den inte gör det, har du den granitliknande förmågan att ta emot kundens ilska och tala oss ur den här röran. Och ja, det skulle innebära att vi kommer att förlora mycket pengar. Gud vet att vi redan har spenderat för mycket. Du har tidigare sett till att sekretessavtal följs, och det är vad vi behöver om det allra värsta skulle hända".

"Och Giorgio ... någon där uppe förlåter mig för att jag säger detta ... ditt jobb är säkert, inte för att det finns en väg ut, utan för att din meritlista i allt annat du någonsin gjort för det här företaget har varit värd sin vikt i guld. Mebratu?"

Tydligen nästan mållös nickade Mebratu, till synes förlorade ord. Han gapade, och sedan sa han långsamt och enkelt: "Det fungerar för mig ... Filippo?"

"För mig också", svarade jag och höll andan, förväntandes en dolkstöt från Mebratu, men den kom aldrig. Slutligen vände sig Mebratu och Amaïa till Pietro. Trots allt hade han det största inflytandet i denna fråga. Han nickade sitt godkännande. Outtalat, beslutet var överenskommet.

Att beskriva de senaste trettio minuterna som omvälvande vore en underdrift. Jag gick in till mötet med en känsla av oro över min möjlighet att stanna kvar i företaget och gick ut som den enda projektledaren för detta specifika projekt som någonsin blivit befordrad genom att stiga åt sidan. Bernardo skulle flytta in på detta kontor, och jag fick ett något lyxigare kontor en våning ovanför, tillsammans med en ny position som huvudansvarig för detta projekt och tre relaterade projekt, vilket avlastade Mebratu med ungefär 40 % av hans ansvar. För mig innebar det en löneförhöjning, tekniskt sett mindre irritation men med mer ansvar totalt sett, samtidigt som jag kunde lägga huvuddelen av ansvaret på Bernardo. På visst sätt kändes det för bra för att vara sant, men åtminstone fanns det nu ett tydligt slutmål i sikte.

I grund och botten, om den slutliga kodreleasen om sex veckor inte tillfredsställde kunden, skulle företaget förhandla sig ur det största mardrömsprojekt som vi någonsin hade varit inblandade i. Jag skulle fortfarande ha tre andra projekt att övervaka utan att vara direkt ansvarig. Det kändes som om det måste finnas en hake.

*****

Det knackade på dörren följt av ett mycket artigt, "Filippo, får jag komma in?" Jag blev överlycklig när jag upptäckte att min sekreterare sedan jag kom till Milano skulle följa med mig upp till min nya våning. Denni, som hon gillade att kallas, var en högintelligent, flerspråkig och exceptionellt diskret kvinna i femtioårsåldern som kunde bete sig som en trettioåring på de årliga julfesterna och sommarfestivalerna som företaget anordnade. Liksom många i teamet tillbringade hon veckan i en liten lägenhet i utkanten av Milano och, i hennes fall, körde ner för att bo hos sin mycket gamla änka till mamma, som måste vara i åttioårsåldern, vid Adriatiska kusten på helgerna. Arbete och privatliv hölls tydligt åtskilda. Jag hade bara fått en mycket kortfattad bakgrund. Hennes mamma var engelska och hade träffat hennes pappa när han var en nittonårig italiensk krigsfånge i Sussex, vid engelska kanalens kust, när han kallats in för att hjälpa till att rensa upp en plats i Pier Road, Littlehampton, efter att flera hus träffats av en tysk bomb[7]. Han hade fallit olyckligt, skurit sig i benet, och Dennis mamma, bara tolv år gammal då, hade utbildats i första hjälpen som scout och var den första att hjälpa honom, förband såret och, överraskande nog, pratade med honom på italienska.

Hennes pappa, visade det sig, hade vid den tiden blivit naturaliserad brittisk medborgare och hade tydligen lämnat Italien på 1920-talet för att undkomma det växande hotet från fascismen. Hon hade vuxit upp tvåspråkig. Hur som helst hade de två hållit kontakten genom brev och träffats då och då efter kriget. På hennes tjugoförsta födelsedagsfest gick han ner på knä framför över hundra gäster på The Beach Hotel vid Littlehamptons havsfront och friade. Bröllopet i St. Catherine's romersk-katolska kyrka [8] två år senare bevistades av en fullpackad församling, och mottagningen hölls återigen på The Beach Hotel[9]. Smekmånaden? Vilket val! Efter att ha korsat Europa med tåg tillbringade de en vecka i Venedig innan de reste genom Toscanas kullar. Hans familj var mycket välbärgad, de drev en kedja av hotell vid Adriatiska kusten, centrerad på Rimini, och gynnades av den tidiga charterturismens uppsving.

Denni var ett av fyra barn, tre flickor och en pojke, och efter att ha lämnat universitetet med toppbetyg i ekonomi hade hon i princip skött administrationssidan av hotellverksamheten tills den såldes i mitten av 1990-talet till ett internationellt storföretag. Hon och hennes syskon gick därifrån med otroligt bra ersättningar. Ingen av dem behövde egentligen arbeta igen, och de andra tre, alla äldre, gjorde inte det. Men Denni hade varit för upptagen med att driva verksamheten, något hon utmärkte sig i, för att någonsin hitta "den rätte" och kunde helt enkelt inte föreställa sig "att inte arbeta". Filippo's företag erbjöd henne en utmärkt lön när hon sökte jobbet som Amaïa's sekreterare runt sekelskiftet, och några år senare flyttade hon över till samma roll för mig.

* * * * *

"Jag är så glad att se dig", började jag. "Jag trodde att Bernardo skulle ta dig ifrån mig." Denni log. "Nej, jag skulle inte tillåta det. Hur som helst har jag rekommenderat en utmärkt sekreterare att flytta över från löneavdelningen, och Bernardo verkade oerhört nöjd med valet. Så här är jag".

Denni pausade ett ögonblick. "Filippo," återupptog hon, med blicken fixerad på mig. "Jag visste vad som hände. Din fru höll mig uppdaterad ... bara övergripande ... det väsentliga. Jag behövde inte veta alla detaljer. Alla råkar ut för olyckor i sina liv och lider skador ... och vissa behöver tid för återhämtning, eller hur?"

Jag argumenterade inte. Jag var säker på att Denni visste mycket mer än hon avslöjade, men det finns tillfällen då man bara måste låta saker passera. Vi hade ett jobb att göra. Bernardo skulle behöva mycket stöd. Vi tillbringade nästa timme eller så med att gå igenom de tre andra projekten jag tog över. Denni hade tydligen blivit grundligt briefad i förväg av Amaïa och Mebratu. Ju mer vi pratade, desto mer kände jag en lättnad och kunde slutligen slappna av på mitt kontor för första gången på månader. Tiden flög medan vi gick igenom massvis med information. Mitt hjärta hade rusat när jag återvände till jobbet, precis som det hade gjort de flesta dagar de senaste tre till fyra månaderna. Jag slappnade av i vetskapen att jag äntligen skulle kunna arbeta i en miljö som skulle, eller åtminstone borde, vara mer "normal" ... vad nu "normal" är.

Jag ringde min fru, Serena, för att ge henne nyheterna.

KAPITEL 3

DEN LÅNGA HELGEN

Klockan 05:00, 11 februari 1985 – Bari, Italien

Den lilla fiskebåten gled sakta mot land och in i Baris hamn. En sliten gummibåt med en liten utombordsmotor bogserades bakom. Kaptenen hade kontaktat hamnen via radio, och när fartyget lade till vid kajen dök fem beväpnade medlemmar av den italienska flottan upp från statspolisens kontor. De gick ut längs den östra piren mot fraktområdet och tog plats vid toppen av en trappa som gav tillgång till torra land för den lilla båten, en bit bort från hamnens mer trafikerade område. Deras närvaro var, i brist på bättre ord, för att "välkomna" en grupp på ett halvdussin män, mestadels afrikaner, en äldre afrikansk kvinna och en yngre kvinna samt två barn – ett omkring sju år och ett spädbarn – alla väl inpackade mot den kyliga februarinatten och stående längst bak på båtens däck.

De hade hittats drivande nästan nittio sjömil utanför Italiens sydöstra spets Capo Santa Maria di Leuca, med utombordsmotorn utan bränsle efter att ha tömt alla sina bränsletankar. Det var inget mindre än ett mirakel att fiskebåtens besättning hade fått syn på dem när kaptenen styrde mot hamnen i skymningen kvällen innan. Barometern föll, vinden tilltog inför en annalkande storm, och regnet började piska mot fartyget. Det enda som räddade de som satt i gummibåten var att vinden hade varit sydlig och temperaturen relativt mild med minimalt regn under det senaste dygnet. Detta hade varit skälet till att de försökt den farliga överfarten från kusten strax öster om Misrata i Libyen, i hopp om att nå Siciliens sydligaste spets. Men den kurs de tagit hade varit alltför östlig. När motorn gav upp och vinden tillfälligt vände mer västerut [10] började gummibåten driva, och Sicilien var inte mer än en suddig fläck vid horisonten. Kaptenen på fiskebåten kunde bara mumla orden "Matto, matto" ... "Galna, tokiga" ... medan han navigerade runt Santa Maria-halvön och fann skydd från det värsta vädret öster om Italiens "häl". Gummibåten var då fortfarande bogserad.

När fiskebåten säkrades, gick en löjtnant från flottan och en av de beväpnade sjömännen ner till däck, åtföljda av en tredje person, en ung civil mulattkvinna. Hon var klädd i en huva, vinterkappa och vattentäta byxor över en elegant kostym. Det var nästan oundvikligt att många av de som försökte denna resa kom från Etiopien på grund av dess italienska kopplingar åren före andra världskriget. Löjtnanten och den unga kvinnan gick fram till migrantgruppen.

Den unga kvinnan talade till dem, först på arabiska och sedan på amhariska och oromo, Etiopiens vanligaste språk. Hennes budskap var enkelt: "Männen här från flottan kommer att kvarhålla er som illegala migranter och ni kommer att föras till ett förvar för immigranter, där ni får rena kläder, mat och tillgång till ett sovrum och badrum. Barnen kommer att stanna med kvinnan som tar hand om dem. Ni kommer alla att genomgå en medicinsk undersökning. På morgonen kommer ni att intervjuas individuellt för att fastställa er status". En av männen avbröt henne: "Ni kan bara intervjua min fru när jag är närvarande ..."

Den unga kvinnan höjde handen för att tysta honom. Hon vände sig bort från honom och fortsatte: "Ni kommer att intervjuas individuellt. Män och kvinnor hålls i separata områden".

Mannen gick för att tala igen, men hon tystade honom med en skarp blick. Hon vände sig mot honom och yttrade bara några ord till: "Du borde vara tacksam att du är här på torr mark. De flesta som försöker ta sig hit är redan döda – antingen av hypotermi eller drunkning. Fler når inte ens så långt. Vi hittar deras kvarlevor, eller vad som återstår av dem, som kroppsdelar på stranden". Hon vände sig om, gick förbi de två sjömännen och stannade strax bortom trapporna som ledde upp till piren. "Kvinnor först", sa den unga tolken och hindrade männen från att leda vägen.

Den yngre sjömannen följde och ställde sig bredvid henne. Löjtnanten klättrade uppför trapporna och migranterna följde efter. När de hade nått toppen av stegen hade två minibussar anlänt, var och en körd av en uniformerad soldat. Männen fördes in i en av minibussarna, trots att samma man som tidigare protesterat gjorde motstånd, medan kvinnorna och barnen togs till den andra. Två sjömän följde med migranterna i varje minibuss, den unga kvinnan och löjtnanten satte sig i en bil framför minibussarna, och den femte sjömannen gick ombord på ett litet militärfordon längst bak i gruppen, som kördes av en soldat från en närliggande garnison. Tjugo minuter senare nådde de fyra fordonen förvaret och passerade obehindrat genom en säkerhetsgrind som snabbt stängdes bakom dem. I en väl inövad manöver svängde minibussarna, en åt höger och en åt vänster, genom ett andra par säkerhetsgrindar och stannade nästan 200 meter ifrån varandra i separata områden, åtskilda av administrativa byggnader som skymde sikten mellan dem. Löftet som den unga kvinnan hade gett hölls. Rena kläder, som respekterade migranternas traditioner, tillgång till duschar och toaletter följdes av näringsrik mat. Var och en kontrollerades därefter av en läkare, och en ung man isolerades för vidare medicinska undersökningar. Resten bedömdes vara undernärda och uttorkade men i övrigt rimligt friska och vid god hälsa.

Nästa morgon intervjuades männen, och de fem första bad helt enkelt att få stanna, men utan något som stödde deras begäran. Mebratu hade medvetet hållit sig tillbaka och väntat till sist. Han och hans mor, som båda hållit en låg profil dagen innan, intervjuades av en migrationshandläggare med den unga kvinnan som tolk, och båda överraskade sina förhörsledare – de talade italienska, om än begränsat, men ändå italienska. "Mitt namn är Mebratu, och min mor är den äldre kvinnan ni såg igår. Hennes namn är Boonani. Min morfar arbetade för de italienska myndigheterna i Abessinien under ockupationen och fick italienskt medborgarskap som tack för sitt arbete och för att skydda honom. Trots att han hoppades att det skulle göra det, gjorde det inte". Han fortsatte: "Han arresterades senare som en kollaboratör och avrättades ... och jag har hans pass med mig".

Med det, till migrationshandläggarens förvåning, tog Mebratu fram ett ganska slitet italienskt pass från sin ficka och lade det på bordet framför honom. "Varsågod", sa han. "Kontrollera det. Det är äkta". Detta hade aldrig hänt tidigare. Afrikanska migranter hade ofta hävdat rättigheter vid ankomsten, men ingen hade någonsin presenterat ett officiellt dokument som bevisade dessa rättigheter. Handläggaren bläddrade igenom passet. Färre än 30 % av etiopierna kunde läsa sitt eget modersmål, än mindre tala italienska, men trots grammatiska brister hade Mebratu en kultiverad italiensk accent. Hans mor hade sett till det.

Mebratu tog sedan fram ett maskinskrivet personligt brev, undertecknat av en italiensk tjänsteman vid namn Fossa[11], adresserat till mannen han hävdade var hans morfar. Brevet tackade honom för hans arbete och hänvisade till det pass och medborgarskap som beviljats honom. Migrationshandläggaren läste det, kontrollerade passet igen och tittade på Mebratu. "Jag måste kontrollera äktheten i dessa dokument, och det kommer att ta lite tid". Mebratu nickade. "Jag går ingenstans, eller hur?" Och för första gången på flera veckor log Mebratu.

En timme senare satt migrationshandläggaren mittemot Mebratu's mor. Hon gav en detaljerad bakgrund – namn, platser, tider, händelser och mycket mer. Trots avsaknad eller begränsad tillgänglighet av vissa officiella dokument från perioden före och under andra världskriget och ockupationen av Abessinien, bekräftades varenda påstående från Mebratu och hans mor under de kommande dagarna.

Fem veckor senare, fortfarande i förvar men nu boende tillsammans, fick de nyheten de hoppats på: deras anspråk hade godkänts, och de fick stanna i Italien. Migrationshandläggaren som först hade mött dem kom personligen för att meddela beskedet och tog med sig två andra personer ... och en stor överraskning. Först återlämnade han personligen alla dokument som Mebratu hade lämnat in när de först möttes och överlämnade sedan alla handlingar de behövde för att säkerställa att de hade rätt att stanna i Italien. Sedan lutade han sig tillbaka i sin stol, log och sa: "Jag har ett par personer jag skulle vilja att ni träffar". Han gick till dörren, öppnade den och visade in en annan mor och son, elegant klädda i italienska designkläder.

"När ni först kom hit tog vi ett blodprov från var och en av er, och ni kanske minns att vi frågade om en del av det kunde användas för forskning. Den forskningen handlar om ett mycket nytt koncept som kallas DNA-testning[12], som kan hitta förfäder och släktingar, även om dess huvudsakliga uppgift kommer att vara att lösa allvarliga brott. Det började testas internationellt för ungefär ett år sedan, och jag har fått veta att vi är några år bort från att det används regelbundet. Men Italien bidrar till forskningsprogrammet, och vi hade blivit ombedda att tillhandahålla blodprover för det programmet. Statistiskt sett är chanserna att hitta matchningar för närvarande mycket små. Det verkar dock som att ni två trotsar oddsen. Jag skulle vilja att ni träffar era kusiner".

Under de följande dagarna bosatte de sig i en lägenhet nära sin nyfunna familj, inte långt från Florens, och Mebratu fann vänskap med den unge manliga kusinen som han och hans mor hade träffat för första gången på förvaret i Bari. Det visade sig att hans mor hade kommit till Italien strax före andra världskriget, vid bara 16 års ålder, och arbetade som barnflicka till en förmögen italiensk familj på landsbygden i Toscana. Hon hade inte lämnat villans marker under hela kriget, men 1946 hade hon träffat en något äldre man från sitt hemland som arbetade på den etiopiska ambassaden. Det visade sig att de kom från samma område i Addis Abeba, och han lärde sig att hon, liksom han, kom från en välbärgad familj av tygköpmän. De gifte sig, bosatte sig i Rom och startade ett modeföretag specialiserat på afrikanska designer anpassade för den italienska marknaden. Den unge mannen var deras fjärde barn, född när hans mor var 38 år gammal, och precis som Mebratu, 1957.

Några månader senare anförtrodde Mebratu sin nyfunna släkting bakgrunden till deras flykt från Afrika.

"Min morfar hade samarbetat med de italienska myndigheterna efter invasionen 1935/36 och hade fått italienskt medborgarskap 1937 tillsammans med min mormor och min morbror. Min mor föddes 1939. Som du vet var den italienska ockupationen relativt kortlivad. Min morfar sågs av lokalbefolkningen som en kollaboratör, och när han upptäcktes med min mormor i gömstället nära Asmara (anm. nuvarande huvudstad i Eritrea men fram till självständigheten 1993 en del av Etiopien), tillsammans med barnen, kostade det honom livet efter att de förts tillbaka till huvudstaden. Familjen fick aldrig veta vad som hände med min mormor, men min mor sa att hon själv uppfostrades av en vän. För min far och faster blev livet alldeles för farligt i Addis Abeba, och när de bara var 16 och 12 år gamla, 1951, sökte de skydd hos familj långt norrut, först i Asmara, och sedan, när risken för deras liv blev för stor, flyttade de igen till Afabet (anm. Eritrea sedan 1993). Jag föddes 1957. Min far var en sorts stadssekreterare där, även om jag inte har några minnen av honom."

"Det var mycket fraktionsstrider i området i början av 1960-talet, och jag flydde med min mor efter min fars död, som jag sa arbetade som en lokal tjänsteman, när han mördades av Tigray-rebeller. Han var inte den enda. Jag såg människor släpas ut ur sina hem och skjutas vid gatan, jag såg tonårsflickor och ännu yngre våldtas framför sina föräldrar, jag såg blod stänka på kläderna och ansiktena på spädbarn ... och jag kunde inte göra något eftersom jag bara var fem år gammal. Vi återvände till Afabet efter några veckor i gömställen i skogen, men vi var tvungna att vara mycket försiktiga. Men på ett märkligt sätt hade vi tur. Hela familjen hade fått italienskt medborgarskap, och även om min mors italienska papper, och mina, stals av plundrare, lyckades jag behålla två ovärderliga saker: min morfars pass och ett officiellt brev som jag alltid bar med mig".

"Innan vi lämnade Etiopien som flyktingar hade jag tjänat pengar på vad jag än kunde på gatorna i Afabet, men jag bar aldrig någonsin ett vapen. Förra året, på min tjugosjunde födelsedag, hade det blivit för riskabelt, och en dag bestämde min mor och jag att det fick vara nog. Vi gick norrut till gränsen och över öppet land, nådde Port Sudan innan vi smugglades först till Egypten, sedan Libyen och sedan på en liten båt i hopp om att nå Sicilien".

Mebratu pausade, suckade djupt, och för första gången på många år lät han känslorna ta över. Det var en lättnades stund, det ögonblick då han äntligen kunde tala öppet, som gav honom känslan av normalitet tillbaka i livet. Utbildningskvalifikationer följde, men Mebratu bar alltid med sig den handlingskraft han hade utvecklat på gatorna i Afabet. Det skulle tjäna honom väl. Nu, med det övergripande ansvaret inom företaget för en rad projekt som hanterades av personer som jag, fanns det bara ett sätt att beskriva honom ...

* * * * *

DEN LÅNGA HELGEN

Mars 2010

Telefonen ringde, och Mebratu återvände till nuet. Det var hans fru, som ville försäkra sig om att han hade kommit säkert fram till deras semesterlägenhet nära Bari. Han hade bara en gång tidigare känt behovet av att ta en helg som denna, och hon visste att han kämpade och, till viss del, led – inte fysiskt, utan psykiskt av hur detta projekt höll på att falla samman.

"Jag mår bra", sa han. "Jag tar bara en paus från skrivbordet. Jag har egentligen inte stannat upp sedan jag klev på planet ... nej, jag ska inte gå in på detaljer ... är barnen okej?" De lugnande svaren från andra änden av linjen satte hans sinne till ro.

Han steg bort från fönstret där han hade stått och tittat på hamnen i fjärran, mot precis den kaj där han och hans mor först hade landstigit. En kort bit från hamnen kunde han precis urskilja det lyxiga bostadsområdet som nu låg på platsen för det immigrationscenter där han och hans mor hade tillbringat sina första veckor i Italien. Detta var långt ifrån bakgatorna i Afabet och gängen som jagade de mest utsatta, desperata att fly från svårigheterna i ett land som ofta slets isär av inbördeskrig och fraktionsstrider och vid andra tillfällen av livshotande torka. Han undrade ofta hur många av dem han hade känt som hade fallit offer för de umbäranden som hade lett till att en rockstjärna samlade sina vänner för att spela in den där berömda insamlingslåten 1984[13], och han undrade hur många fler gånger sådana ansträngningar skulle behövas.

Han och hans mor hade haft tur ... och ändå fortsatte de att komma, ofta förgäves, på jakt efter den fristad de trodde att Europa kunde erbjuda. Men han såg ofta att även de som tilläts stanna sällan hade den tur och framgång som han själv hade uppnått. De flesta slutade i slitiga jobb och nedgångna bostäder och föll offer för samma typ av kriminella organisationer här i Italien som inte bara existerade i Östafrika utan nästan överallt i världen. Fattigdom innebar så ofta att manipuleras av andra. Och även om några höjde sig över det, levde för många dödfödda liv, kämpade för att sätta mat på bordet och kläder på sina barns kroppar. De vände sig ofta till brott eller prostitution, även om de visste att en arrestering och fällande dom troligen skulle leda till en enkelbiljett tillbaka till Afrika.

Han mindes hur han några år tidigare hade kört ner till Rom för en konferens och bott på ett hotell i stadens norra utkant, i Settebagni. Han hade anlänt försenad, checkat in och sedan, eftersom hotellets restaurang hade slutat servera för kvällen, begett sig mot stadskärnan för att hitta en restaurang. Han mindes hur många unga kvinnor – och män – han hade sett lura i skuggorna vid vägkanten, väntandes på sin nästa möjlighet att tjäna några euro genom att tillfredsställa de förbjudna fantasierna hos dem som var hemifrån och ville njuta av några minuters förströelse. Men med framgång kommer också stress. De två verkar gå hand i hand. Det finns ingen utopi, inget förlovat land, ingen mjölk och honung. En av Mebratu's favoritfilmer var The Island[14], den dystopiska fantasy-filmen som utspelar sig i ett slutet samhälle där två personer lyckas fly. Men man är aldrig riktigt säker på vem som är vinnaren. Det var manipulation på högsta nivå.

Telefonen ringde. Det var Amaïa. "Hej Mebratu, hur långt har du kommit?" frågade hon. Mebratu svarade: "Jo, jag har läst rapporterna från varje chef och teamledare. Okej, jag vet att Bernardo vikarierar för Filippo, men jag har gått tillbaka ända till hans tidigare statusrapport för sex veckor sedan. Det är tydligt att vissa ljuger, eller åtminstone är extremt sparsamma med sanningen i tron att det ska skydda deras egna skinn. Men över lag är bilden ganska klar och ganska dyster, som jag är säker på att du redan vet. Jag planerar att prata med Bernardo om ungefär en halvtimme, och sedan har jag i eftermiddag avsatt femton minuter för varje teamledare.

"Jag har kommit överens med kunden att jag ska ha ett konferenssamtal med dem klockan 18.30, och sedan kan du och jag prata igen antingen senare ikväll eller imorgon bitti ... vad som passar dig". Amaïa hatade att behöva arbeta på helger, men detta var ett av de tillfällen då hon och Mebratu inte hade något val. Medan resten av hela teamet tog sin tillåtna viloperiod, var detta en tid då hon och projektets övergripande ledare, Mebratu, hade få alternativ.

"Jag håller med", sa hon omedelbart, "och om du behöver att jag deltar i konferenssamtalet är jag glad att göra det. Jag har bara en förpliktelse med familjen den här helgen. Jag har blivit inbjuden till en fest för att fira min systerdotters födelsedag och hennes examen på en gång. Jag lämnar hemmet klockan 19.00 på lördag. Det är ganska lokalt. Jag är hemma till midnatt, senast. Jag håller mig nykter. Jag kör".

"Bara en tanke", fortsatte hon. "Jag kan gärna delta i samtalet som en dold deltagare via din dator. På så sätt kan jag höra vad som pågår men hålla mig utanför diskussionen. Jag litar på dig tillräckligt för att veta att du kan hantera det".

Samtalet fortsatte med en diskussion om mer detaljerade frågor och avslutades runt lunchtid. Mebratu hade beställt en pizza som anlände exakt klockan 13.00. Han gav sig själv tjugo minuter för att äta och såg sedan till att de papper han behövde var i ordning när han gick igenom fjorton samtal under eftermiddagen. Vissa samtal var enkla. Andra, som Mebratu hade misstänkt, ljög tydligt för att skydda sig själva. Han sparade Vincenzo till sist.

Vincenzo hade tagit examen vid universitetet i Rom med inriktning på mjukvaruutveckling. Han tillbringade en tid med att arbeta för ett stort mjukvaruföretag i USA innan han återvände för att ta sin tjänst hos vår huvudsakliga underleverantör. Han delade sin tid mellan projekt i Italien och Österrike, där han föredrog att bo i Salzburg eftersom hans fru kom från staden och bodde nära sina föräldrar som också bodde där. Vincenzos roll inom projektet, som underleverantör, var något annorlunda jämfört med de anställda. Han hade en dubbel roll som både teknisk och utvecklingsledare, vilket visade hans otvivelaktiga kompetens. Hans arbetsgivare hade som företag passerat genom flera investeringsbolag sedan starten för ungefär tjugo år sedan, varje gång med en betydande ökning i företagets värde. Trots den nyliga börskraschen efter Lehman Brothers konkurs hade företaget bibehållit en stark position, och mitt företag var nu en av huvudägarna. Men av finansiella skäl var det fördelaktigt för båda parter att hålla de två verksamheterna som separata enheter.

Mebratu hade sparat Vincenzo till sist av en mycket god anledning. Han hade varit hos underleverantören i nästan tjugo år i olika roller, och på sin nuvarande nivå i sex år. Han var mycket smart, och människor accepterade i allmänhet vad han föreslog, antingen för att det var logiskt eller för att ingen annan vanligtvis kunde komma med en bättre lösning. Tidigt i projektet hade Vincenzo gjort en avgörande rekommendation när det gällde mjukvaruutveckling. Eftersom projektet rörde sig på okänd mark med mjukvara som då – och fortfarande – var under utveckling, och eftersom inga uppenbara alternativ föreslogs av någon annan, fastnade Vincenzos förslag.

Nu, nästan tre år senare, ställdes frågor om projektets till synes misslyckande kanske kunde kopplas till just det beslutet. Men Mebratu hade alltid hållit ett öppet sinne, främst eftersom kritiken nästan uteslutande kom från underchefer vars egna team kämpade. Hur som helst såg han kritiken och påståendet att det beslutet skulle vara den enda orsaken till problemen som fundamentalt orättvist, eftersom ett annat beslut som tagits av den dåvarande tredje projektledaren, Lorenzo, hade haft betydligt mer förödande effekter. Cirka sex veckor tidigare hade Mebratu kallat in mig och ett par andra mycket seniora chefer specifikt för att diskutera denna paradox. Vi var alla av uppfattningen att det som Vincenzo hade rekommenderat då, för så länge sedan, faktiskt hade varit rätt beslut, och att det snarare var individuella teamledare och deras team som var de mer sannolika orsakerna till de problem vi nu hade – inte de själva, utan mjukvaran som företaget hade bett dem att utveckla från grunden … fortfarande.

Mebratu's plan med detta samtal var att steg för steg testa Vincenzos motivering för de förslag han hade gjort då och identifiera, med hjälp av resultaten från de telefonsamtal Mebratu hade gjort tidigare på eftermiddagen, var dessa förslag först kunde ha varit felaktiga, om ens det, och därefter felhanterade av dem som faktiskt byggde systemarkitekturen. Mebratu slog numret, och telefonen började ringa i andra änden. Det tog nästan trettio sekunder innan Vincenzo svarade.

Svaret var affärsmässigt men kortfattat: "Pronto", följt av tystnad. Vincenzo var vaksam.

Mebratu gick försiktigt fram. Vincenzo kunde reagera plötsligt när han var under press. Mebratu hade redan övat sina inledande repliker ett dussin gånger.

"Vincenzo, jag hoppas att allt är bra med dig", började han.

"Ja", svarade Vincenzo och lade till "tack", nästan motvilligt som en eftertanke.

"Du vet varför jag ringer ...", grymtade Mebratu, "... och jag har talat med varenda en av de nuvarande teamledarna och cheferna. Jag kunde inte prata med Filippo, som jag är säker på att du vet, är sjukskriven, men jag förstår att han kommer tillbaka till kontoret på måndag".

"Bra", var Vincenzos kortfattade svar. Detta skulle bli en tuff diskussion.

"Jag ska inte gå igenom hela tidslinjen", fortsatte Mebratu, "för, låt oss vara ärliga, då skulle vi vara här hela natten ..."

Vincenzo förblev tyst.

"Jag har valt ut fem eller sex specifika punkter, specifika åtgärder, som har vidtagits av chefer och teamledare och som verkar ha avvikit från den ursprungliga strukturen och orsakat oss problem. Den senaste av dessa löstes för några dagar sedan och kommer att inkluderas i den slutliga kodreleasen, även om jag ... det vill säga vi ... accepterar att andra följdfel fortfarande kommer att dyka upp, sådana som vi ännu inte har identifierat. Men jag ville gå tillbaka till något du föreslog i början och bara kolla var vi står med det förslaget nu".

"Inget fel med det", svarade Vincenzo abrupt och tillade "... då eller nu".

"Om jag sa att det förslaget diskuterades i detalj för sex veckor sedan ... med Filippo, Amaïa och ett par andra seniora personer ... vad skulle din reaktion vara, Vincenzo?"

Vincenzo förblev tyst i flera sekunder. "Jag skulle ha sagt att om du trodde att det fanns ett problem, skulle du ha kallat in mig då ... har jag rätt?"

Den här gången var det Mebratu som förblev tyst. Ja, Vincenzo hade satt fingret på problemet, och han visste att Mebratu inte hade något verkligt svar annat än att hålla med. Även om jag kämpade med min hälsa vid den tiden, var det mötet klart i mitt minne och tog faktiskt mycket press från mig eftersom jag, och mina kollegor, nu kunde koncentrera oss på att hitta de lösa kopplingarna i det nät av trådar som gjorde systemet till vad det var, eller åtminstone borde vara. Min hälsa kollapsade till slut, delvis för att jag inte kunde hitta några av dessa lösa kopplingar.

"Nåväl," återupptog Mebratu, "vi var nöjda, så långt vi kunde vara, med att ditt ursprungliga förslag var ... ska vi säga ... sunt ..."

"Varför diskuterar vi det då?" avbröt Vincenzo. Mebratu kände sig som om han var på defensiven, parerande slag från Rafael Nadal på italienska öppna mästerskapen. Det här var inte hur han hade tänkt sig att samtalet skulle gå.

"Du måste ha följt varje release och bildat dig en egen uppfattning om framstegen", fortsatte Mebratu. (Snälla, tänkte han för sig själv, ge mig lite input).

"Alla projekt har brister", svarade Vincenzo. "Ju större projektet är, desto fler brister, exponentiellt, och desto mer arbetskraft krävs för att åtgärda dem, och desto fler människor måste du ta från projektet för att träna de nyanställda. Det är en självförsörjande nedåtgående spiral. Fred Brooks förklarade det väldigt tydligt i sin bok om IBM 360-projektet".

"Jag tog en av våra chefer på bar gärning när han försökte dölja sina egna brister genom att ändra en bit hårdkodat data i en databas och sedan ge en programmerare han inte gillade, och ville bli av med, uppgiften att hitta felet som han själv hade lagt dit för att han inte gillade programmeraren. Det tog killen mindre än fyrtio minuter att upptäcka den fejkade databasinmatningen. Chefen blev rasande eftersom det fick honom att framstå som dum. Så han sparkade killen på fläcken och anklagade honom för att ha orsakat problemet från början. Han var en mycket duktig programmerare, och när jag fick reda på hela historien hade han redan fått ett nytt jobb, med en fin löneökning, hos en av era största konkurrenter. Jag sparkade chefen direkt".

"Du, Mebratu, har samma problem", fortsatte Vincenzo. "Låt mig gissa, du har pratat med varje chef i eftermiddag, och du vet att några av dem åtminstone är extremt sparsamma med sanningen. Vissa har skyllt på sina egna team för att rädda sitt eget skinn. Det är de människorna du borde göra dig av med, inte arbetarna".

"Vem var det som hade en skylt på sitt skrivbord i Ovala rummet, The Buck Stops Here? Harry Truman[15], om jag minns rätt".

"Så, Mebratu, jag kan säga detta till dig eftersom jag vet att vi har gjort vårt jobb rätt. Jag är inte din anställde, vi är era underleverantörer. Ditt företag bad mitt företag att göra det som vi är mycket bra på ... och det har vi gjort. Du kanske inte är Harry Truman, men du vet att det finns personer som borde gå. Ta en läxa från Filippo. Han sparkade två chefer på fläcken när han anlände eftersom han visste att de utnyttjade situationen. Du måste göra detsamma".

Mebratu funderade noga ett ögonblick. "Tack. Jag har noterat allt du har sagt".

Vincenzo fortsatte: "Om det var allt, har jag saker att göra. När allt kommer omkring har ni en kodrelease att genomföra, och vi är i den sista testfasen. Om det var allt för nu, återgår jag till det", och han avslutade samtalet utan att vänta på ett svar.

Mebratu var lättad över att han hade spelat in samtalet, faktiskt alla samtalen. Han satt där, med en gapande mun och med telefonlinjen som surrade i örat i några sekunder. Ibland behöver även handlingskraftiga personer få sig en läxa. Resten av Mebratu's tid fram till fredagskvällen, tills hungern kallade, ägnade han åt att fokusera sitt sinne på att fatta tuffa beslut. Och den kvällen accepterade han Amaïa's förslag om att hon skulle tyst observera konferenssamtalet med kunden. Det gick anmärkningsvärt bra, även om det var tydligt att den kommande kodrelease var ett av de där "Nu eller aldrig"-ögonblicken.

Efter samtalet pratade han och Amaïa ytterligare tio minuter och sedan lämnade han henne i fred under lördagen, som för Mebratu blev en rad genomgångar medan han satt tyst i Bari. På söndagen hade han planerat ytterligare ett samtal med Amaïa, och de enades om en handlingsplan på alla punkter. Hans flyg från Bari skulle avgå klockan 07.00 på måndagen. Tack och lov var det i tid. Han hade gått och lagt sig tidigt på söndagskvällen.

KAPITEL 4

DET LÅNGA AVSKEDET

Lloret de Mar, Costa Brava, Spanien – Corpus Christi-veckan 1961

Alona klev ut genom personalingången på baksidan av det lilla hotellet där hon arbetade i Lloret de Mar på Spaniens Costa Brava. Klockan var strax efter 21, och hon hade just avslutat ett tio timmar långt skift i restaurangen och bakom baren på det lilla engelskägda Hotel Mateo, som fått sitt namn efter ägaren vars riktiga namn var Matthew. Men ingen spanjor kunde uttala ”tth” korrekt i mitten av ordet. Matthew bodde i Storbritannien, där han drev resebyrån som han och hans fru grundade 1951, medan hans tidigare fru, Penelope, bodde i en villa i bergen bakom staden. Trots skilsmässan 1958 verkade de fortfarande ha goda relationer, och hon hade övergripande kontroll över verksamheten i Spanien.

Kvällsluften var varm trots att det fortfarande bara var maj, och turistströmmen från de relativt nyskapade “paketresorna” som ägde rum vid varje engelskt skollov och långledighet mellan terminerna, särskilt när de sammanföll med Corpus Christi, innebar att byns befolkning fördubblades på bara några dagar. Det var mycket goda nyheter för den lokala ekonomin. Direktflyg från Storbritannien till Barcelona var fortfarande reserverade för affärsresenärer, och för turisterna innebar resan oftast tåg från Paris till antingen Montpellier eller Perpignan vid den franska Medelhavskusten efter en kort flygning till Beauvais, norr om Paris, från Ashford i Kent. Sedan tog de en buss för den sista delen av resan över Pyrenéernas östra del. Flygplanen som användes för dessa resor var ofta fortfarande Dakota eller deras ryska motsvarighet, LI2-planen, som hade byggts på licens under andra världskriget. Flera av dessa flygplan hade deltagit i Berlinblockaden, den första stora krisen under kalla kriget mellan 1948 och 1949.

Alona tog ett par djupa andetag av frisk luft, justerade sitt hår något med hjälp av sin spegelbild i den glasade dörren som hon just hade gått ut genom och började gå längs dammiga grusvägar mot den lilla baren i en sidogata strax före kyrktorget. De första markeringarna hade satts upp på vägen i förberedelse för Corpus Christi-blomsterfestivalen, och hon var noga med att inte störa några av dem. Hon passerade den enda andra baren i området, samma ställe där hon hade tittat på en av de få TV-apparaterna i hela byn den dag Real Madrid spelade mot Eintracht Frankfurt i finalen av Europacupen [16] knappt ett år tidigare. Efter sändningen hade hon klivit ut i nattluften, utforskat sidogatorna och kommit över en annan bar som hon inte hade lagt märke till tidigare. Det var där, föregående år, som hon hade mött tre personer som skulle förändra hennes liv.

Toni ägde baren och gav henne sin allra första beställning gratis. Det var effektiv marknadsföring eftersom hon och många andra blev Tonis mycket pålitliga och regelbundna kunder. Albert var en backpacker som en morgon senare samma år, i slutet av augusti 1960, hade kommit in i baren. Han var fransman och bodde i en liten stad några mil från Bayonne i Baskien, men precis på den franska sidan av gränsen. Det var nära säsongens slut, och Alona visste att hon bara hade ungefär fyra veckor kvar innan hon skulle vara tvungen att åka hem för vintern och hoppas på att hitta arbete lokalt. Om det inte gick skulle det innebära hårt arbete hemma.

Liksom Albert var hon från Baskien, men för Alona var det på den spanska sidan av gränsen, i bergens sluttningar vid den västra änden av Pyrenéerna, på familjens isolerade gård nära Galarreta, inte långt från San Sebastian. Albert var Alona's första riktiga kärlek. De fann varandra direkt och tillbringade varje vaken timme, när hon inte arbetade, med att bara slappa, antingen på stranden eller i Tonis bar, tills dagen kom då Albert skulle åka hem. Den dagen han åkte lovade de att de snart skulle ses igen och kom överens om att träffas när även hon hade återvänt till sin familj. Efter en kort semestersäsong med ett par andra sommarjobbare som hon träffat i Lloret, där de planerade att spendera en vecka i Barcelona, åkte hon hem. Några veckor senare reste Albert till hennes hem innan vintervädret slog till och stannade i gästrummet. Han tillbringade några dagar med att hjälpa Alona's far på gården under en ledig vecka från universitetet och återvände för hela universitetets lov strax före påsken året därpå.

Den tredje personen var en engelsman, Stanley, eller Stan kort och gott, en lång, smal man som då och då gled in och ut ur Tonis bar. Hans accent från södra England avslöjade inte att han faktiskt var född och uppvuxen i utkanten av Manchester, där hans far arbetade inom bomullsindustrin fram till sin pensionering 1957. En dag tidigt på sommaren 1960 började Stan en konversation med Alona om fotbollsmatchen som hade visats på tv några veckor tidigare. Han talade mycket bra spanska, och hon hade lärt sig engelska till en god konversationsnivå för att klara sitt arbete.

Han var mycket artig, en riktig gentleman, och trängde sig inte på, vilket många av de lokala männen gjorde när de försökte flirta med henne. Hon uppskattade hans sällskap och, på ett sätt, det skydd han tycktes erbjuda. Hon tänkte ofta på honom som sin Don Quixote och föreställde sig hur han anlände på sin häst efter att ha kämpat mot väderkvarnar.

Stan förklarade för Alona en gång att han hade lämnat skolan med lite mer än en grundläggande utbildning vid 14 års ålder 1937 och börjat som lärling hos ett stort tryckeri, där han utbildade sig till konstnär och kommersiell fotograf. Företaget hade hjälpt honom att snabbspola genom den sista delen av lärlingsutbildningen när kriget spred sig över Europa, och 1941 hade han gått med i Royal Navy, främst i tron att han skulle få se världen. Han hade utbildat sig till radiooperatör, blivit mycket skicklig i morsekod och tillbringade nästan två år i Colombo, huvudstaden i Ceylon, dagens Sri Lanka. Förutom att regelbundet ägna sig åt sin passion för fotografering på fritiden var han också en skicklig schackspelare och, tydligen, en utmärkt salongsdansare. Det var en slumpmässig träff med hotellägaren Matthew 1958 som först hade fört honom till Lloret, även om de faktiskt hade träffats tidigare runt 1949 genom deras gemensamma kärlek till salongdans. Utöver detta tenderade hans liv i Spanien att vara höljt i mystik.

Han körde faktiskt en ganska dyr bil, nästan helt malplacerad i byn, och hon mindes att Toni en gång beskrev honom som en "affärsman". Lite visste hon vad hon höll på att ge sig in på. Vid deras tredje möte sa Stan att han ville göra henne ett erbjudande, "ett affärsförslag", som skulle hjälpa henne ekonomiskt. Hon tänkte det värsta när han först nämnde det, men han stillade genast hennes oro och sa att hon inte behövde oroa sig för sin respektabilitet. Det var ett "leveransjobb" på hennes fritid.

Således fann hon sig själv bära en shoppingkasse från platsen där hon mötte en av Stans kurirer i byn. Hennes uppgift var att gå till Tonis bar, sitta vid änden av disken närmast luckan, placera kassen på golvet bredvid sig, ta en drink och sedan gå till sitt jobb, och lämna kassen där den var. Det var först vid det tredje tillfället som hon vågade titta i kassen och såg att den var full av brittiska och amerikanska cigaretter samt rulltobak.

Och för detta fick hon betalt i kontanter, skattefritt, lika mycket per kasse som hon tjänade på två veckor på hotellet. Dessutom tog hon in fyra eller fem kassar i veckan. Hon mindes en gång när hon gjorde en hämtning och såg Stan ge ett litet kuvert till en uniformerad spansk polis. Hon frågade inte, men gissade precis vad som fanns i det.

Tisdagen den 20 maj 1961 borde ha varit som vilken annan dag som helst. Hon hade en avtalad tid med en av de vanliga kurirerna, en lastbilschaufför som hon skulle möta strax nerför vägen från nattklubben El Relicario [17]runt klockan 08.30. Hon väntade som vanligt i en liten gränd där hon kunde se hans intåg från cirka 60 meters håll utan att själv synas från vägen. Han gjorde en av sina "legitima leveranser" till en närliggande verksamhet, men när han steg ner från lastbilen gjorde han en gest i hennes riktning, en signal hon hade lärt sig betydde att hon inte skulle närma sig honom. Sekunder senare klev tre poliser ur en civil bil och arresterade honom. Alona hade ingen avsikt att stanna och se vad som hände härnäst. Hon vände sig bort från vägen och skyndade till den andra änden av gränden.

Hon gick mot byns centrum, men höll sig till sidogatorna, och närmade sig en gränd där hon precis kunde se den västra ingången till Tonis bar. En polisbil stod parkerad utanför, och hon stannade tvärt. Panik började sätta in, och hon tog flera djupa andetag för att försöka rensa tankarna. Efter några sekunder såg hon polisbilen lämna ... utan Toni ... och hon drog en lättnadens suck.

Några ögonblick senare tittade Toni ut genom dörren, tydligen fortfarande lyssnande efter det avlägsna ljudet av polisbilen. Som om han väntade henne där, kastade han en nästan omärklig blick uppför gränden. Alona skyndade sig till grändens slut och saktade ner till normal gångtakt under de sista stegen, korsade vägen som ledde till kyrktorget. Toni vinkade henne genom baren och ut genom dörren på andra sidan. "Han frågade efter dig," sa han. "Jag sa att jag inte förväntade mig dig." Några ögonblick senare gick han de få stegen till vägkanten, tände en cigarett nonchalant medan han tittade åt båda hållen, och gick tillbaka. "Föraren är i trubbel ... stort trubbel. De hittade mycket tobak i hans lastbil. Han kommer inte att köra på minst ett eller två år. Polisen sa att de ville ha dig som vittne. Lita på mig, det är inte alls vad de vill. Jag har redan fått höra att en annan polisbil var vid hotellet för en stund sedan och kanske fortfarande är där. Du kan inte gå tillbaka dit. Har du ditt DNI-kort på dig?" Alona nickade.

"Du kommer att behöva kontanter. Hur mycket har du på dig?"

"Inte mycket, bara tillräckligt för lite shopping jag behöver och en drink eller två här ikväll. Var är Stan?"

"Fråga inte!" Toni gick in i baren och bakom disken. Han kom tillbaka med en bunt högvalörsedlar. Toni räckte dem till Alona, och hon stoppade dem i bakfickan.

"Du är skyldig mig ... men jag är skyldig dig också", sa han och log. "Mikki kommer hit om några minuter och han tar dig till den första järnvägsstationen utanför Gerona mot Zaragoza. Resan är på mig. Du kommer att anlända till Zaragoza under rusningstid. Du får bara hoppas att de inte frågar efter ID. Därifrån åker du till Pamplona och sedan vidare till Ranceavalles. Gå inte hem. Ta en buss, åk någonstans avlägset i bergens fot och ta dig över gränsen till fots. Du sa en gång att du kände området väl. Din pojkvän är ju i Bayonne, eller hur? Det är varmt, vädret är fint, och du kommer inte att frysa över natten. Men köp solkräm och en hatt, och ha en tidning med dig, även om du läser den om och om igen. Skaffa också en billig jacka, något i en annan färg än det du har på dig. Den du har på dig är för iögonfallande. Släng den i första soptunnan. Och när du kommer fram, skicka mig ett vykort".

Och med det vände Toni sig om, gick tillbaka in i baren utan ett "hej då", och Alona lade märke till Mikkis lastbil vid vägens slut. Det tog Alona fyra dagar att ta sig till Bayonne. Det dröjde ytterligare en vecka innan hon kom ihåg att skicka vykortet. Hon och Albert levde tillsammans i nästan arton månader innan de gifte sig, en stillsam ceremoni med bara tre vänner närvarande plus hennes far, som för första gången i sitt liv hade lämnat Spanien för att resa dit.

Alona och Albert fick bara ett barn, 1967, Amaïa, ett baskiskt namn som betyder "slutet" på det lokala språket och "mjuk och öm" på arabiska, kanske passande då Alona hade tunisisk härkomst i sin familjs avlägsna förflutna. Och den baskiska betydelsen hade också betydelse, då Amaïa föddes bara sex veckor innan Albert gick bort, alldeles för tidigt, i aggressiv bukspottkörtelcancer. Det var först 1976, vid det laget var Amaïa nästan nio år gammal och bara några månader efter Francos död, som Alona återvände till sitt barndomshem. Hon reste med ett franskt pass under sitt gifta namn för att hjälpa till att ta hand om sin far, vars hälsa försämrades snabbt. Hon återvände aldrig till Lloret, och efter att hennes far hade gått bort, omvandlade hon gårdsbyggnaden till ett pensionat och flera självhushållssemesterbostäder, samtidigt som hon sålde en stor del av marken till en grannbonde.

Men ingen kunde någonsin förstå hur hon betalade för alla hemrenoveringar bara med pengarna från markförsäljningen. Ingen visste att hon inte hade spenderat en enda peseta av pengarna hon tjänat genom att arbeta för Stan, utan hade sparat allt. Trots det korta avbrottet i sin utbildning på grund av sin farfars bortgång, utmärkte sig Amaïa i skolan och vann tio år senare en plats med stipendium vid universitetet i Madrid, med ett år i Rom för att studera ekonomi och europeisk lingvistik. Hennes karriär var utstakad, och hon blickade aldrig tillbaka.

Och det gjorde inte heller hennes mor.

* * * * *

Måndag 14 september 2009

Amaïa lämnade hemmet tidigt på måndagsmorgonen efter att ha använt söndagen till att återhämta sig från festen och festligheterna på lördagskvällen. Hon var på kontoret redan klockan 07.40 och ägnade större delen av den följande timmen åt att påminna sig om innehållet i samtalet hon hade lyssnat på under fredagen och de detaljer som diskuterades med Mebratu på söndagen. Amaïa brukade alltid föra rikliga anteckningar, och den här gången sträckte de sig till över femton sidor i A4-format. Klockan 08.30 prick ringde telefonen. Det var Mebratu.

"Jag går precis genom terminalen på Malpensa, jag sitter i bilen om fem minuter eller så och jag är hos dig om drygt trettiofem minuter. Det var ingen idé att ta morgonflyget eftersom trafiken skulle ha gjort att jag ändå inte hade kommit fram mer än femton minuter tidigare. Är Filippo inne än?"

"Ja", svarade Amaïa, "Vi växlade några ord för ungefär tio minuter sedan. Han säger att han mår bra. Jag är inte så säker. Jag lämnade honom pratandes med Bernardo. Jag hoppas att han inte sa för mycket. Han har varit som ungen som slog tre homeruns i en och samma match sedan han kom in".

"Nåväl, de kommer båda få en trevlig överraskning på mötet. Är det något du behöver klargöra?"

"Nej", svarade Amaïa.

"Bra, jag korsar precis över till parkeringen nu så jag är där så snart jag kan". Med det avslutade Mebratu samtalet. Efter mötet med Amaïa, Bernardo, mig själv och de andra tog Mebratu sig tid att prata med mig, först ensam och sedan tillsammans med Bernardo.

Samtalet med mig var rakt på sak, men Mebratu lät förstå att han visste mer om mina hälsoproblem än jag trodde. "Var säker, Filippo", avslutade Mebratu, "jag menade allt jag sa när jag berättade att din plats här är trygg. Med tanke på vad du har gått igenom är det knappast förvånande att du drabbats. Jag har fått veta att minst sju personer här bland projektpersonalen har lämnat på en fredag, inte kommit tillbaka när de borde varit här, och helt enkelt försvunnit från radarn. Jag har fått siffrorna rapporterade till mig varje vecka under de senaste sex månaderna. Din föregångare Angelina har inte hörts av sedan hon lämnade, och vi har absolut ingen aning om hon jobbar för sig själv eller någon annan, eller om hon har tagit en mycket lång paus. Det irriterande är att hon skulle vara välkommen tillbaka om vi någonsin hörde från henne igen".

"Jag tror inte att ni kommer göra det," svarade jag, "eftersom hon gjorde det övertydligt för mig när vi träffades under min intervju att hon ville bort och aldrig skulle sätta sin fot här igen. Hon bokstavligen bad mig att ta jobbet".

Det knackade på dörren, och Mebratu ropade att den som knackade kunde komma in. Det var Bernardo.

De följande fyrtiofem minuterna handlade om tre viktiga element:

- Det arbete jag hade gjort på projektet och hur jag hade hanterat det.
- Det arbete Bernardo hade gjort under min frånvaro.
- Vägen framåt för oss båda, och för företaget, och hur vi skulle närma oss de olika scenarier som kunde uppstå från den slutliga kodreleasen.

När mötet avslutades föreslog, eller snarare rekommenderade, Mebratu att Bernardo och jag skulle tillbringa lite tid tillsammans för att gå igenom alternativen. Vi tyckte båda att det var en utmärkt idé och begav oss till mitt nya kontor. Denni kom in för att föra anteckningar. Klockan var strax efter tolv, och vi arbetade igenom varje punkt noggrant och metodiskt. Det här var inte tiden för att stressa.

Klockan var 13.10 när Denni föreslog att vi skulle ta en paus för lunch. Bernardo och jag nickade, och jag vände mig till honom och sa, "Lunchen är på mig om du vill, så kan vi bara prata om planerna informellt och återgå till de hårda besluten efter lunchen". Denni påpekade att hon hade en tandläkartid klockan 13.50, "... bara en kontroll ..." och vi kom överens om att ses igen klockan 14.45.

Bernardo och jag gick till ett lunchhak ungefär två kvarter bort och beställde. Bernardo hade alltid varit ganska tyst om sig själv, och jag kände att jag behövde komma under ytan. En sak jag alltid varit stolt över var min förmåga att få andra att prata om sig själva, och inom fem eller sex minuter var Bernardo i full gång, hjälpt av en generös portion spaghetti carbonara. Jag hade valt en mer diskret portion prosciutto med en sidosallad. Vi delade en liten karaff sicilianskt vitt vin.

"Visste du att min mamma var amerikanska?" frågade Bernardo mellan tuggorna. Jag hade lagt märke till den svaga amerikanska accenten när han pratade perfekt engelska. "Hennes pappa var militär i den amerikanska armén efter Pearl Harbor. Han gick med direkt efter att ha avslutat sin utbildning som lärare. När kriget var över fick han ett fint jobb på en skola i Kalifornien, och hon var hans enda dotter, född 1948. Och det innebar att hon var nitton år när Flower Power svepte över världen. Ja, hon hade allt – kaftan, blommor i håret, doften av patschuliolja som ständigt omgav henne, och jag gissar att det fanns mer än en och annan joint dinglande från hennes fingrar ... och hon var galen i Bob Dylan[18]. Så när hon fick reda på att han inte spelade på Woodstock [19] utan hade valt Isle of Wight Festival i England, hoppade hon på det billigaste flyget hon kunde hitta och begav sig till det gamla landet".

"Det var där hon träffade min pappa, Mastrionano ... jag vet, till och med en tungvrickare för italienare ... och de kopplade av medan de lyssnade på Blowing in the Wind och Like a Rollin' Stone ... du vet, de stora låtarna som gjorde honom känd. Hon har fortfarande hans album Freewheelin' på vinyl ... och spelar det fortfarande regelbundet. Hursomhelst, jag tappar tråden. Från Isle of Wight tog de sig över till Europas fastland och drev runt på ett moln av cannabisrök. Gud vet hur de aldrig åkte fast, och de hamnade i Amsterdam i fyra veckor tills vädret började bli kyligare och gick mot hösttemperaturer. Vid tiden de kom till Toscana var hon gravid med min äldre syster, och hans pappa gav honom, så jag har fått höra, världens strängaste tillrättavisning. Och fem veckor senare, precis innan det blev uppenbart, gifte de sig. Hennes föräldrar och äldre syster flög över, och missnöjet på deras ansikten i bröllopsfotona var så uppenbart. Har du någonsin sett TV-dramat Enchanted April [20] som utspelar sig i Toscana? Bröllopet var i ett litet kapell bara nerför vägen från där det spelades in. Alla från Italien log stort, och de tre såg ut att blänga surt." Han log brett och sköljde ner spagettin med en klunk vin.

"Sedan kom jag, och resten ... ja, utbildnings- och arbetshistoria tror jag att du känner till".

Bernardo hade rensat sin tallrik, medan jag fortfarande var en bit ifrån att bli klar med min sallad. Med historieskildringen över gick vi vidare till affärerna över en bottenlös kaffekanna. Tiden flög förbi, och när jag såg klockan 14.30 betalade jag kontant, och vi gick tillbaka för att möta Denni, som redan satt och väntade tålmodigt på mitt kontor. Det är fantastiskt hur en kvinna, kan få dig att inse att du nästan missade tiden med bara en föraktfull blick. Min fru Serena gör exakt samma sak. Förutom några toalettbesök och en regelbunden påfyllning av kaffe, arbetade vi igenom allt och var klara strax efter 18.35. Jag bad Denni om ursäkt för att ha hållit henne kvar längre än vanligt, och hon svarade artigt att det inte var något större problem eftersom hon inte hade några planer för kvällen. Dessutom, tillade hon, visade det sig att det rutinmässiga tandläkarbesöket resulterade i tre små lagningar, och hon var tillbaka tjugofem minuter senare än planerat.

De tjugofem minuterna använde jag väl. På vägen tillbaka till kontoret frågade jag Bernardo hur han kände inför att äntligen vara i en chefsposition. Femtio meter från kontoret stannade han och vände sig mot mig.

"Filippo, du vet att jag arbetade för ett annat företag innan jag kom hit, både konkurrent och underleverantör, så jag kände till det här företaget ganska väl innan jag tog emot det generösa erbjudandet. Du vet också att arbetskulturen där var något annorlunda än här, och jag satte in flera betydande förbehåll i mitt kontrakt när jag anställdes. De är fortfarande på plats. Jag vet ... jag gör saker på mitt sätt, vilket förmodligen är anledningen till att företaget har tagit sin tid att erbjuda mig den här befordran. Om jag inte hade haft det på plats skulle jag definitivt inte ha accepterat den här rollen. Men nu har de ett dilemma. Jag behöver knappast upprepa att det här projektet, vare sig vi gillar det eller inte, nästan säkert kommer att misslyckas, och jag har tidigare räddat en arbetsgivare från en smärtsamt negativ situation. Ja, min tidigare arbetsgivare hade samma problem för nästan tio år sedan, men de lyckades hålla det tyst, och trots min relativt juniora rang då var det mitt förslag och mitt teamledarskap som fick oss ur det med lite mer än några lätta blåmärken. Ingen Rocky Marciano-Knock out, ingen 7-0-kross av Inter Milan ... vi gick faktiskt därifrån med högt hållna huvuden. Du visste inte att jag gjorde det, eller hur?"

"Nej", svarade jag och skakade på huvudet.

"Nåväl," fortsatte Bernardo, "chanserna att den kommande releasen om några dagar faktiskt fixar alla buggar och fungerar som den ska är ungefär lika stora som att jag cyklar till månen ... noll! Men när det gäller att plocka upp spillrorna har jag erfarenheten, så jag är glad att ta mig an den här rollen. Ja, det kommer att finnas offer, men du och jag, och, Gud vet hur, Giorgio, är säkra. Vi kommer kunna lämna med en blombukett och en medalj, även om den troligtvis inte är av guld ... ja, kanske inte Giorgio. Jag förväntar mig att allt han föreslår under överskådlig framtid kommer att granskas mycket noggrant".

"Om det, mot all förmodan, faktiskt fungerar, så kommer företaget inte behöva ta den ekonomiska smäll som det förbereder sig på. Det är bara en stor lättnad att vi faktiskt har återhämtat oss som företag väldigt snabbt efter Lehman Brothers-kraschen. Andra har inte haft samma tur. Låt oss vara ärliga ... andra finns inte kvar för att berätta historien".

"Vi har alla något speciellt. För mig gillar jag att tro att jag är bra på att reda ut andras röror tyst och utan att någon annan egentligen märker vad jag gör. När jag gjorde mitt sista år på universitetet träffade jag en brittisk kille som var här som mogen student under en termin som en del av sin magisterutbildning, och han berättade något som chockade både honom och hans mamma och syskon vid den tiden om hans pappa. Han var den yngsta av fyra".

"När han var 15, runt 1980, insisterade hans pappa på att hela familjen skulle åka på semester till Norge, någonstans mellan Bergen och Tromsø. Det var så utanför hans karaktär, eftersom semestrarna alltid hade varit vid Medelhavet eller liknande, och tydligen insisterade han på att de äldre barnen, två som redan bodde hemifrån, skulle följa med. Hur som helst hamnade de på ett riktigt trevligt hotell vid en fjord nära Nordsjön, och det fanns en bussresa till området där den norska motståndsrörelsen hade övervakat när det tyska slagskeppet Bismarck [21] lämnade på sin olyckliga enda resa".

"När de kom dit fanns det en grupp män och kvinnor i hans pappas ålder, upp till en man i åttioårsåldern, och de hälsade på honom, och han svarade på flytande norska. Familjen var chockad. De hade ingen aning om att han kunde tala norska, eftersom hans mamma alltid hade fått höra att han hade tillbringat kriget i cateringkåren i Yorkshire. Det här är en man, förresten, som inte ens kunde koka ett ägg ordentligt".

"Tydligen hade han rekryterats efter någon form av IQ-test eller liknande, lärt sig språket på ungefär fyra månader och åkt i väg för att arbeta med motståndsrörelsen i cirka två år. Och det fanns en specifik före detta motståndsman som hans pappa hade tagit med för att träffa hans mamma och barnen. Den här mannen, sa han, är anledningen till att ni är här. Han räddade mitt liv.

Och tydligen stod de och omfamnade varandra, båda med tårar i ögonen, i vad som verkade vara en evighet".

"Du förstår, ibland vet du inte vad du kan förvänta dig. Sex veckor senare fick hans pappa ett brev. Mannen hade gått bort i cancer".

"Jag vet att det är väldigt annorlunda från mig, men min pappa lärde mig en sak, att om du har en färdighet, använd den. Rädda liv, rädda människor från deras demoner, rädda företaget du arbetar för. Och det, hoppas jag, är det jag kan göra bra".

Bernardo vände sig om, och vi gick den sista biten tillbaka till kontoret i tystnad. Kände jag Bernardo, personen, bättre? Troligtvis inte. Men jag förstod hans etos. Vi nämnde det aldrig igen, varken han eller jag, men grunden för en fantastisk arbetsrelation lades i de där få meningarna.

Amaïa och Mebratu anslöt sig till oss för den sista timmen av arbetsdagen, och vi avslutade allt när det gällde att hantera alternativen. Vi var så redo som vi kunde vara. När det gäller Bernardo förblev vår arbetsrelation lika stark tills den dag den slutliga mjukvarureleasen misslyckades. Klienten blev vansinnig, och Bernardo gick ensam in på mötet med dem och lugnade deras ilska. Han gick därifrån med en uppgörelse som ingen på vår sida hade förväntat sig ... och den arbetsrelationen har förblivit densamma sedan dess.

KAPITEL 5

UPPLOPP PÅ CIRKUSEN

Mars 2009

Skriken, ropen, paniken, de verbala och fysiska attackerna blev allt högre, alltmer häftiga. Jag hukade mig i ett hörn, bönade och bad att de skulle sluta ...

Plötsligt vaknade jag, svetten droppade från mig, mitt hjärta slog hårt. Jag lyfte mig precis tillräckligt för att se över Serenas axel och tittade på klockan. Den var åtta minuter över fem och det var fortfarande mörkt ute. Jag hade varit vaken till efter midnatt och hade redan vaknat två gånger under natten. Jag föll tillbaka mot kudden och försökte rensa mitt sinne och fokusera på dagen som låg framför mig, men det gick inte. Jag gled så tyst jag kunde ur sängen, nådde mina tofflor, sträckte på min värkande kropp, reste mig och tog de tre stegen till där min morgonrock hängde på baksidan av dörren.

"Filippo", sa Serena mjukt bakom mig, "kom tillbaka till sängen, du vet att det är för tidigt och du behöver sömnen".

Jag vände mig om och tittade på min vackra fru, modern till mina underbara barn, min mentor, min styrka i så svåra tider när jag inte kunde och visste hur jag skulle hantera det - hon sträckte ut sin hand. Jag kom tillbaka till sängen, vilade min hand i hennes handflata och satte mig ner.

"Det är en senare start på mötet idag. Det är klockan 11, inte 10, det sa du själv i fredags. Du behöver inte åka förrän tidigast tjugo i nio … och du behöver sömnen".

"Jag är alltid här, och jag kommer alltid att vara det. Kom nu …" och hon drog mig tillbaka till sängen och lade sina armar runt mig. Jag kände styrkan och trösten och för fjärde gången den natten somnade jag om. Serena hade rätt. Jag behövde sömnen.

Jag vaknade med solen som nu lyste upp gardinerna, precis innan klockan 7. Jag var tvungen att medge att de sista två timmarna, eller åtminstone knappa två timmarna, hade gjort en betydande skillnad, och jag kände att jag nog var lika redo att möta dagen som jag hade varit någon dag de senaste fem månaderna. Den här gången, när jag gled ur sängen, kom det ingen protest från Serena. Jag smög längs övervåningen för att inte störa barnen som fortfarande sov djupt och tippade nerför trapporna för att fixa frukost. Efter flingor, följt av bröd, smör och sylt, sköljt ner med ett generöst glas färskpressad fruktjuice … (Serena pressade den själv, dagligen) … satte jag mig på verandan som vetter mot den nedre delen av vår trädgård, badad i morgonsol, med en stor kopp kaffe och lokalnyheterna som spelade tyst på radion i bakgrunden.

Trots mardrömmarna, trots pressen på jobbet, och faktiskt än idag, är jag en vanemänniska, och exakt klockan 07.30 tog jag den sista klunken av det nu nästan kalla kaffet, slog av radion och gick till duschen. Jag lät vattenstrålen regna över mig i två eller tre minuter innan jag tvättade håret och sedan tog min tvättsvamp och duschtvål. När jag kom ut torkade jag mig, svepte handduken runt midjan och rakade mig. Till skillnad från många italienska män hade jag fördelen av en ganska långsam skäggväxt, och medan andra ofta såg ut som om de inte hade rakat sig på tre dagar vid eftermiddagstid, hade jag det bättre förspänt. Jag klämde en liten finne på sidan av näsan, ett tecken på att jag var något fysiskt ansträngd såväl som mentalt, duttade på lite flytande antiseptiskt medel från en flaska jag hade i badrumsskåpet, kammade och borstade håret och bestämde mig, med en blick i spegeln, att jag nästan såg mänsklig ut.

Jag öppnade badrumsdörren och möttes av ett oväsen när Bella, som fortfarande var några veckor från sin femte födelsedag, och Andro, som nyligen fyllt två, rusade mot mig längs övervåningen och skyndade nerför trapporna. Morgonlugnet var plötsligt över. Serena följde efter. "Välkommen tillbaka till mänskligheten, Filippo", sa hon och gav mig en stor kram. "Du ser ganska presentabel ut", tillade hon och gav mig en stor kyss. Och med det sprang hon efter barnen och ropade att de skulle vara försiktiga i köket och inte trampa på katten. Plötsligt hördes ett kattvrål. Jaha, tänkte jag, allt som vanligt. Jag klädde på mig, kollade att slipsen satt rakt och gick ner till köket. Barnen kom precis fram, och Serena ropade tillbaka Andro för att torka bort en fläck av chokladmjölk från hans kind och tvätta hans händer. Bella, å andra sidan, var alltid mycket noga med att se till att hon hade gjort sig ren ordentligt efter frukosten.

"Din slips sitter inte rakt, Filippo", sa Serena, och hon justerade den knappt en millimeter. Situationen är normal, tänkte jag. Jag gick till mitt arbetsrum, kontrollerade att jag hade alla mina papper, packade min portfölj och ställde den vid ytterdörren innan jag gick tillbaka upp för att säga adjö till Serena och barnen. Och, ja, Serena justerade min slips igen. Jag behövde tanka på vägen, tog en liten avstickare från huvudvägen till den billigare stationen vid köpcentret där vi gjorde vår veckohandling och fortsatte sedan min resa till kontoret. Jag kom fram bara tio minuter senare än vanligt, till en nästan tom parkeringsplats. De flesta hade uppenbarligen utnyttjat den senare starten på mötet. För att vara väl förberedd hade Mebratu, Amaïa och jag en femton minuter lång förberedande briefing innan mötet, vilket hölls vid vår vanliga tid klockan 09.30.

Mebratu började: "Det ser inte bra ut. Teamen fixar fortfarande de sista buggarna från den andra mjukvarureleasen, vad är det nu ... sju månader sedan, och jag fick ett samtal från Paulo i fredags kväll där han sa att han inte kunde se en lösning på åtminstone tre stora element. Med det sagt visste vi att vi hade det problemet redan kort efter att avtalet skrevs på, och jag vet att vi fortfarande ber för ett mjukvarumirakel från någonstans. Kom att tänka på det, jag visste inte ens att Paulo hade mitt nummer".

Amaïa och jag nickade båda, och Mebratu fortsatte: "Filippo, kan du hålla ett öga på Paulo, tack. Han är inte den person jag alltid har känt. Han är ... vilket ord söker jag ... skakig".

"Jag vet", svarade jag. "Jag är redan medveten". Jag tänkte för mig själv ... han är inte den enda.

"Och Filippo, snälla ... sparka några i baken. Standardnivån sjunker, och du vet vem som får ta skulden för det i slutändan, eller hur?" Ja, tänkte jag för mig själv, det borde vara du.

Den mycket direkt riktade kommentaren gjorde mig minst sagt obekväm. För första gången kände jag mig faktiskt tillräckligt dålig mentalt för att vilja sjukanmäla mig halvvägs genom morgonen. Jag hade en timme innan samlingen i Cirkusen, som vi kallade det stora mötesrummet där vi höll våra största möten. Rummet hade dock en nackdel, det välvda taket skapade ekon, och även måttliga ljud studsade tillbaka mot dig, trots att stora inverterade "svampformade" ljuddämpare hade installerats. Min standarddryck vid mötet var en väldigt stor, kolsvart och väldigt söt kaffe. Idag kände jag mer än någonsin att jag skulle behöva det.

Jag gjorde något jag normalt aldrig skulle göra. Jag tog en sådan kaffe och gick ner till den bakre utomhusplatsen. Jag brukade inte göra det, men jag kände att jag bara behövde tio eller femton minuter för att samla mina tankar. Jag satte mig på en av bänkarna där, njöt av den strålande solen och ställde min kaffe på bänkens armstöd. Minuterna gick ... jag nickade till ... min arm ryckte till och slog till kaffet. Jag lyckades precis fånga det, som tur var inte längre för varmt, och undvek nätt och jämnt att få något på mina kläder. Jag hade bara varit där i åtta minuter.

Jag tänkte på de som helt enkelt hade slutat dyka upp en måndagsmorgon – inget samtal, ingen kontakt. Det hade varit några, och den mest uppenbara var Angelina, min omedelbara föregångare som projektledare, vilket lämnade mig att plocka upp spillrorna när det egentligen skulle ha varit en två veckor lång överlämningsperiod. Det slog mig att jag ofta undrat var hon var nu. Ingen hade kunnat få kontakt med henne sedan hon lämnade. Hennes hyresvärd hade sagt att hon betalat sex månader i förskott och lämnat med de enkla orden: "Jag kommer tillbaka i god tid. Oroa dig inte". Min telefon ringde – inte ett samtal, utan ett alarm som jag hade ställt för säkerhets skull tjugo minuter efter att jag kommit till viloplatsen. Jag plockade upp min nu ljumma kaffe från golvet där jag hade ställt det för säkerhets skull och drack upp resten i ett svep. Pappersmuggen slängde jag i soptunnan vid väggen bredvid mig. Jag reste mig, sträckte på mig och kände hur tröttheten lättade något, även om jag visste att den fortfarande fanns där.

När jag kontrollerade min klocka såg jag hur mycket tid som återstod innan mötet och gick tillbaka in. Jag hade ingen aning om att Amaïa hade tittat på mig hela tiden från sitt kontorsfönster två våningar ovanför. Förresten, ingen av oss var medvetna om att ett par andra personer också hade observerat mig – Amaïas chef Pietro och även Sofia. Jag hann till toaletten och tvättade ansiktet med kallt vatten innan jag gick tillbaka till mitt kontor. Jag såg några av de yngre medlemmarna i teamet gå åt andra hållet i korridoren och påminde dem om starttiden för mötet. Alla nickade, och ett par lyckades till och med le. Serena hade haft rätt. Det veckovisa mötet hade skjutits upp en timme för att ge en av direktörerna tid att ta sig till kontoret efter att ha flugit in från USA och landat på Malpensa omkring 06.45. Under tysta samtal föregående fredagseftermiddag hade jag hört flera medlemmar i teamet uttrycka lättnad över att få en extra timme i sängen, även om jag märkte att Paulo inte deltog i någon konversation alls. Den skickliga mjukvaruutvecklaren hade blivit märkbart tillbakadragen från gruppen de senaste veckorna, och kvaliteten och tidshållningen i hans arbete hade sjunkit under de felfria standarder han normalt hade.

"Mår du bra, Paulo?" hade jag frågat, och han hade tittat på mig och nickat tyst, även om blicken var avlägsen och frånvarande. "Vi pratar efter gruppmötet på måndag ..." och när han inte svarade lade jag till: "... är det okej för dig ... Paulo?" Han återvände plötsligt till vår värld och nickade. "Vi ses på måndag", och han reste sig och gick bort från ett skrivbord som lämnades i oordning, när det normalt var så prydligt. Det var typiskt för dem som påverkades av pressen projektet hade skapat.

Mötet var, som jag nämnde, schemalagt till 11.00, och redan när jag närmade mig Cirkusen kunde jag höra röster, några redan höjda över samtalsnivå. Två röster som var tydligt hörbara tillhörde Vincenzo och László. Vincenzo var en av våra mest erfarna underleverantörer och ansvarade både för teknisk utveckling och utveckling inom en separat underavdelning av företaget där alla medlemmar mestadels arbetade hemifrån och kopplade upp sig till ett komplext system på hans kontor. Med en examen i mjukvaruutveckling från universitetet i Rom hade han tillbringat en tid med att arbeta för ett stort mjukvaruföretag i USA innan han återvände för att ta sin post hos oss. Han delade sin tid mellan projekt i Italien och Österrike, där han föredrog att bo i Salzburg eftersom hans fru var från staden och hade nära till sina föräldrar som också bodde där.

Han kom bara till huvudkontoret i Milano för stora möten där han inte hade något val, som detta, och andra där det passade honom, men han täckte också behov vid tre andra kontor i Italien och hade ibland behov av att besöka mitt tidigare kontor i Sorrento innan jag själv hade flyttat till Milano. Våra möten där hade alltid varit vänliga, men sedan jag flyttade hade han varit kritisk mot de krav som huvudkontoret ställde på hans team, och han hade mer än ett par gånger hamnat i bråk med olika personer på huvudkontoret, särskilt vid ett tillfälle med Giorgio, som hade sålt hela konceptet till kunden och vars tro på ännu outvecklad mjukvara hade lämnat Vincenzo med en mycket svår uppgift. De två hade nästan kommit till handgemäng och hade fått dras isär. Lite visste jag då hur mycket déjà-vu det kunde bli den dagen. Men Vincenzo var extremt skicklig på sitt jobb, och ärligt talat kunde vi inte vara utan honom. Det var han och hans team som kom på lösningarna som till slut fick oss genom de två första mjukvarureleaserna, mer eller mindre till kundens belåtenhet, även om det var månader efter tidsplanen. I ett privat samtal som han och jag hade haft bara tio dagar före detta möte hade han inte gjort någon hemlighet av att han kände att den tredje releasen, som vi nu siktade på, inte var möjlig att utveckla lika enkelt ... okej, enkelt för honom kanske, för oss andra var det riktigt tufft.

László å andra sidan var något av en ensamvarg. Han arbetade inom den lilla samordningsgruppen som kopplade Vincenzos arbete till huvudteamet. Född i Debrecen [22] i östra Ungern 1973 tillbringade han sin barndom i den vackra kurorten Hajdúszoboszló [23] och fick en plats på universitetet i Budapest där han studerade datavetenskap, hellre än att gå på det lokala universitetet. Tydligen hade han där, av en slump, mött Sofia som berättade för mig att hon hade blivit vän med honom när få andra ville. Han hade haft svårt att hitta arbete i Ungern efter examen och slutligen startat sitt eget mjukvaruföretag från sitt barndomshem när internet började ta fart på mitten av 1990-talet. Ungerns inträde i EU 2004 gjorde det möjligt för honom att sälja företaget och ta jobbet hos oss i Italien som biträdande teamledare. Han klev in i rollen som teamledare när den tidigare plötsligt sa upp sig för ungefär åtta veckor sedan. Av någon anledning såg jag sällan honom och Sofia tillsammans annat än att de utbytte några ord av småprat medan de tog en snabb kaffe på förmiddagen. Jag trodde att de fortfarande var vänner, men det såg aldrig riktigt ut så.

Lyckligtvis, när jag kom in i rummet, fick jag ögonkontakt med László, och han avbröt sig mitt i en mening. Vincenzo hade också vänt sig om för att titta på mig, och båda drog sig tillbaka och satte sig långt ifrån varandra, vid varsin ände av den tredje raden. Jag tog min plats på första raden, även om jag normalt skulle ha suttit på podiet. Men med de två högsta cheferna där skulle fler än fyra på podiet ha blivit för trångt, och Mebratu, Pietro och Amaïa var, oundvikligen, de andra tre tillsammans med VD'n Massimo.

Jag satte mig med mina två teamledare på varsin sida av mig. Bernardo satt till höger, längst ut på raden. Eftersom han var ganska bred om axlarna brukade han alltid flytta stolen några centimeter åt sidan, både för sin egen bekvämlighet och för den som satt bredvid honom. Till vänster om mig satt Tara, ett italiensk-schweiziskt akademiskt geni som hade börjat hos oss direkt efter sin examen för fem år sedan. Vi hade sponsrat hennes magisterutbildning i Milano ett år tidigare. Hon var den yngsta i teamet, men en född ledare, och talade flytande franska, tyska och engelska samt sitt modersmål italienska, och dessutom hygglig spanska och ryska.

Sekunder innan de högre cheferna anlände knackade Sofia mig på axeln och sa: "Bra nyheter, jag berättar efter mötet. Du kommer att gilla det!" Jag vände mig om, "Bra nyheter för projektet?"

"Åh ja", svarade Sofia och lät för ett ögonblick, tyckte jag, nästan som en version av Baloo [24] i Djungelboken, och hon satte sig åter i sin stol med ett stort leende.

Amaïa ledde in gruppen med Mebratu sist, som stängde dörren efter sig. Mellan dem gick Pietro – företagets seniora direktör som sällan talade – och den stora mannen själv, företagets VD, Massimo.

Vi såg normalt sett Massimo högst fem gånger per år - fyra gånger för kvartalsvisa projektledningsmöten och en gång för hans årliga "State of the Union"-tal på huvudkontoret. Dessutom hade jag träffat honom när jag utsågs till projektledare här i Milano och efter min anställning när jag började som projektledare på det mycket mindre kontoret nära mitt tidigare hem på Sorrentohalvön.

Jag har alltid avskytt möten som detta, särskilt när jag vet att jag kommer att få höra dåliga nyheter. Men när Massimo började tala försvann alla förhoppningar om något positivt, även om hans ord var valda för att inte oroa teammedlemmarna själva. Massimo var en stor man, inte bara till kroppsstorlek utan också i hur han presenterade sig själv och vad han sa. Men han var inte någon som man någonsin skulle kalla konfrontativ. Hans ord var subtila, träffsäkra och mycket, mycket precisa. Liksom alla de högre cheferna hade han en magisterexamen eller högre, men du skulle aldrig någonsin, beskriva honom som akademiskt nördig på något sätt. Med tio ord kunde han få fram en poäng där andra behövde flera långa meningar. Så hans sju eller åtta inledande meningar gjorde det 100 % klart för absolut alla att vår position gentemot klienten var svår, utan att avslöja något specifikt, och att den kommande mjukvarureleasen var avgörande, som om vi inte redan visste det.

Amaïa, Pietro och Mebratu nickade mestadels med jämna mellanrum medan han talade, fullt medvetna om att nästa del av mötet skulle vara när Massimo bjöd in enskilda projektledare och teamledare att sammanfatta sina respektive avdelningars aktuella situationer. Jag visste att det var 99 % chans att jag skulle vara långt ner på listan. Massimos metod var att låta underleverantörerna och sedan de juniora projektledarna i företaget tala först, låta dem hänga sig själva, och sedan arbeta sig uppåt. På så sätt, om några brister blev uppenbara, gav det de mer seniora chansen att justera sina presentationer innan de talade. Jag antar att det, rättvist sett, var en vänlig gest.

Massimo hade en "fem-minuters"-regel, och Amaïa förväntades hålla koll på tiden och ge en varning när det var en minut och trettio sekunder kvar. Ve den som bröt mot regeln. Vincenzo var den första som bjöds att tala. Han var snabb, vältalig och mycket tydlig, men gjorde det också klart att hans team fortfarande var tvungna att reda ut konsekvenserna av det arbete som Giorgios säljargument hade dumpat på dem och företaget. Jag märkte plötsligt att Giorgio inte var där, och en annan projektledare, Silvestro, som satt två platser till vänster om mig, och som hade den stora glädjen att inte direkt vara involverad i detta möte annat än som en åskådare till andras lidande, lutade sig mot mig och viskade: " Giorgio lyckades ta en semesterdag. Han måste ha fått nys om mötet i förväg".

Vincenzo var knappast subtil i sin kritik, men han var snabb och avslutade sin presentation på under fyra minuter. Men under sitt tal riktade han en skarp attack mot Lászlós samordningsteam. "Här kommer det att smälla", tänkte jag när han sa det. När han satte sig ner log han mot Amaïa. Hon nickade tillbaka. Den andra huvudteamledaren från underleverantörens sida i detta skede av projektet var en polsk man vid namn Andrzej, som ansvarade för specialiserad hårdvara. Han gav en ganska torr redogörelse för var vi befann oss och vad som fortfarande behövdes vid detta skede. Hans enda anmärkningsvärda kommentar var att de fortfarande väntade på utvecklingen av en ny hårdvarudel som var avgörande för slutleveransen, och att detta försenade mjukvaran som behövdes för att köra den. Jag hade pratat med Andrzej varje vecka sedan jag flyttade till Milano. För att vara rättvis var han alltid mycket exakt och ärlig i sin beskrivning av situationen. Även han höll sig inom tidsgränsen utan problem.

László var näst på tur, och det var tydligt att han blivit skakad av Vincenzos uttalande. Han gick direkt in i en defensiv attack och fick två gånger påminnelser från Amaïa att tänka på sitt språkbruk. En-minuts-varningen passerade medan han fortfarande var mitt i sitt utlägg. Trettio sekunder kvar ... han fortsatte ändå. Amaïa avbröt honom och sa att tiden var slut, och med det riktade László en direkt anklagelse mot Vincenzo och hans team. Vincenzo exploderade! Inom två eller tre sekunder stod minst tjugo personer på fötter och skrek anklagelser över rummet. Men värre var att både Vincenzo och László, som hade suttit på tredje raden, nu hade rört sig fram till gapet mellan tredje och fjärde raden och stod nästan näsa mot näsa. I några sekunder höll de händerna under kontroll, men det var verkligen tur att andra var där. Vincenzo grep tag i Lászlós skjorta och slips och drog honom mot sig. Plötsligt ekade ett ord genom rummet: "Nog!" Massimo hade talat. Akustiken i rummet gjorde att hans röst kunde stoppa konfrontationen, och flera personer gick fram för att dra isär László och Vincenzo och ställa sig emellan dem. "László ... till mitt kontor, nu! Vincenzo, vänta i vilorummet utanför så tar jag emot dig som nummer två. Amaïa, vänligen följ med". Hon nickade. Massimos ord var tydliga och otvetydiga. Mebratu steg fram för att säkerställa att de hölls åtskilda medan László gick i väg, och sedan följde han Vincenzo ner till vilorummet.

Pietro, som nu stod upp, gjorde ett av sina sällsynta muntliga ingripanden. Med Amaïa och Mebratu upptagna återställde han ordningen i mötet. När alla återigen satt ner vände han sig kort till Massimo, som signalerade att han ville fortsätta. Pietro meddelade en liten förändring i mötesordningen, och till min lättnad insåg jag att jag skulle tala sist. Jag förkortade mina planerade fem minuter till knappt två. Mötet avslutades, Massimo lämnade och Pietro stannade kvar för att säkerställa att inga fler utbrott skedde. Och precis då släppte Tara, min fantastiska teamledare, en bomb. Hon överlämnade sitt avskedsbrev. "Jag är ledsen", sa hon, "men jag har fått nog och jag behöver inte berätta varför. Jag har fått ett fantastiskt erbjudande i Tyskland som jag bara inte kan tacka nej till". Jag nickade, jag hade förväntat mig det. "Kommer du att göra den två veckor långa överlämningen?" frågade jag. "Ja, självklart", svarade hon och gick i väg.

Sofia fångade min blick. "Vill du ha lite goda nyheter?" "Det behöver jag verkligen, ja tack", svarade jag. Sofia hade arbetat hårt med logistik mellan teamen, och när vi gick tillbaka till mitt kontor presenterade hon flera förändringar som hon rekommenderade, alla helt logiska, som skulle lätta arbetsbördan, minska individuella stresspunkter och spara tid. När vi kom till mitt kontor väntade László där. Jag bad Sofia komma tillbaka om fem minuter.

"Jag är skyldig dig en ursäkt", började han. "Jag tror att du är skyldig ursäkten till många fler än bara mig, eller hur?" svarade jag. "Jag kan erkänna att du hade en poäng, men ett sådant beteende, var som helst inom detta företag, kommer inte att tolereras. Vad sa Massimo och Amaïa?"

"Jag har fått en sista varning", erkände László. "Bara en sista varning?" svarade jag ironiskt. "Jag tror att du har haft en väldig tur", sa jag. "Jag har inget mer att tillägga. Du kan gå".

Jag tog in Sofia, och hon gick igenom detaljerna. Det var, enkelt uttryckt, logistisk briljans, och inom fem minuter efter att hon hade avslutat sin genomgång förklarade jag för henne om Taras uppsägning och erbjöd henne att ta över rollen. Det skulle innebära en viss omfördelning av arbetsuppgifter mellan Bernardo och henne, så att hon enkelt kunde ta kontroll över sina förslag. Det var det bästa beslut jag någonsin fattat. Hennes avslutande ord, med ett lugnande leende, var: "Oroa dig inte. Saker och ting blir alltid bättre".

KAPITEL 6

BEHÖVER VI VERKLIGEN EN TILL?

Oktober 2008

Inbjudan att flytta från Sorrento till Milano kom som något av en överraskning, även om det nog inte var helt oväntat med tanke på de problem jag redan kände till. Jag hade jobbat på företaget i nästan fem år, ledde ett specialiserat projektledningsteam som var strategiskt placerat långt från huvudkontoret, och allt vi någonsin gjort där hade levererats i tid, inom budget och enligt specifikation. Plötsligt fick jag ett samtal från ingen mindre än Amaïa, som bjöd in mig till Milano för att diskutera "en ny roll".

Jag är inte född igår, och rykten gick redan bland andra chefer vid satellitkontoren att det bara fanns en roll det här kunde handla om. I grund och botten gick det stora projektet dåligt, och de ville ha en erfaren chef som kunde ta sig an jobbet. Den ursprungliga projektledaren hette Ginevra, och hon hade uppgiften att ta projektet från försäljningsfasen, genom övergripande design, till teamuppbyggnad och sedan, åtminstone i teorin, skulle hon ha sex månader på sig för att faktiskt driva projektet innan hon lämnade över till någon som var mer specialiserad på att hantera de eviga problemen som alltid uppstod under ett nytt projekts första år. Hon var i övre trettioårsåldern och känd som den perfekta stabila handen som kunde styra något så stort som en oljetanker på väg ut ur hamn. Trots planen att driva projektet de första sex månaderna hade hon varit ansvarig i elva månader innan hon överlämnade stafettpinnen.

Hennes efterträdare, Lorenzo, var känd för sina ledarskapsfärdigheter och sitt yttre sken av att vara en perfekt gentleman. Men han hade ett litet problem med sitt privatliv. När han började på företaget hade han redan fått ett rykte om sig för att visa förakt mot kvinnor. Han hade varit skild tre gånger, och hans fruar hade varje gång hänvisat till "orimligt beteende". Vid ett tillfälle blev han till och med arresterad för att ha misshandlat sin tredje fru, men hon drog tillbaka sin anmälan, vilket gjorde att han slapp rättsliga åtgärder. Ursprungligen från Rom utstrålade han en aura av att vara en hängiven katolik med nära band till sin bror, som var katolsk präst. Han blev aldrig omgift, men behöll sin chauvinistiska inställning till kvinnor, vilket tyvärr också inkluderade hans arbete med projektet bakom kulisserna. Min närmaste föregångare, Angelina, var inte född i Italien. Hon var nepalesisk, men hade adopterats av ett italienskt par efter att ha övergivits vid ett kloster i utkanten av Nepals huvudstad Kathmandu som spädbarn. Tydligen hade hon aldrig fått reda på vilka hennes biologiska föräldrar var, åtminstone inte medan hon arbetade hos oss. Hon hade dock haft en mycket lycklig barndom, presterat utmärkt på sina skolprov och fått en plats vid universitetet 1991 där hon tog en examen med utmärkelser i ekonomi och en magisterexamen i företagsadministration 1996. Hon blev snabbt anställd av ett stort amerikanskt mjukvaruföretag och avancerade snabbt till projektledare innan hon gick över till en liknande roll hos oss 2005. Men svaga minnen från hennes spädbarnstid började dyka upp runt år 2000. Trots att hon tog ett tremånaders sabbatsår för att resa till Nepal och göra ett DNA-test 2002 kunde hon inte spåra några släktingar, vilket påverkade hennes mentala hälsa. Hon lyckades dock hålla detta hemligt för sina arbetsgivare, inklusive oss, tills det senare framkom.

Vid den tidpunkt då jag tackade ja till resan till Milano för den inbjudna intervjun hade jag ingen personlig kännedom om Angelinas mentala hälsoproblem, även om en eller två kollegor kort hade nämnt det för mig. Då trodde jag inte att det var allvarligt. Sanningen blev dock snart tydlig. Själva intervjun om att jag skulle ta över som projektledare var dock inte den huvudsakliga anledningen till att jag var i Milano. Jag var där för Massimos stora årliga tal. Men före resan hade både Amaïa och, ett par dagar senare, Mebratu pratat med mig i telefon. Amaïas samtal var inte så mycket en fråga om "vill du ha jobbet", utan hon uttryckte sig försiktigt kring de problem som projektet hade haft efter den första stora mjukvarureleasen och den mängd arbete som Vincenzos team var tvungna att lägga ner på att fylla luckorna med smart utformade patchar. Det var hennes sista ord som fick mig att tro att något kunde erbjudas mig när hon avslutade den delen av samtalet med orden: "Jag kan se dig ta över efter Angelina någon gång ... eller hur?" Och sedan fortsatte hon direkt att prata om något helt annat utan att ge mig tid att svara. "Hur som helst, jag har flera andra saker att prata om ..." Och så gick hon vidare till något helt orelaterat.

Om jag hade fått välja mellan Sorrento och Milano visste jag redan åt vilket håll jag personligen skulle föredra att gå. Å andra sidan älskade Serena mode och hela hypen som kom med Milan Fashion Week[25], särskilt eftersom hon själv hade arbetat som modell genom en liten agentur i Pisa under sina sena tonår. Vid ett par tillfällen hade hon till och med hoppat in i sista minuten för en av de stora supermodellerna. Ja, Serena är lång, men som tur är jag också det. Jag kände mig något lättad över att vår äldsta dotter Bella, som bara var fem år gammal och helt uppslukad av hästar, inte visade något som helst intresse för mode om det inte hade något att göra med ridkläder. Två dagar senare fällde Mebratu en liknande kommentar som Amaïa i en annan konversation: "När du ändå är här för årsmötet vill jag diskutera en möjlig flytt. Vi kanske har en mer senior roll på gång". Och precis som Amaïa bytte han ämne direkt. Var det här deras sätt att mjukt vrida om min arm?

Jag nämnde det för Serena den kvällen och sa att jag trodde att något var på gång. Hennes reaktion var positiv, vilket jag redan hade förväntat mig. Men jag påpekade också fallgroparna. "Vi har precis börjat på en privat förskola för Bella, och Andro skulle börja där vid fem års ålder. Att byta skulle vara knepigt med kort varsel. De skulle också förlora alla sina vänner". Serena svarade: "Barn skaffar nya vänner snabbt. Sebastian och Toni flyttar ju också dit, och deras barn har redan fått plats på skolor där. Vi kan försöka på samma skolor". Hon avslutade med: "De kommer klara sig fint".

Så jag packade min väska, inte för två nätter, utan fem. Jag körde resten av mitt lilla tekniska team på fem personer, som också skulle till Massimos möte, i min stora SUV som rymde åtta personer (eller mig och min familj plus all Bellas ridutrustning). Vi lämnade Sorrento på söndagsmorgonen och anlände till Milano precis innan kl. 19. Det var tillräckligt tidigt för att njuta av en middag på företagets bekostnad, men sent nog för att jag skulle slippa några timmar av småprat med andra söndagsankommande som jag helst ville undvika. Resten av teamet skulle åka tillbaka med tåg efter Massimos möte, eftersom en av dem hade en Rain Man-liknande[26] rädsla för att flyga. Själv skulle jag köra tillbaka i slutet av veckan. Jag kan bäst beskriva mitt lilla team i Sorrento som en samling nördiga datorfantaster: tre kvinnor och två män med monumentalt höga IQ-nivåer, en lång rad akademiska meriter och en nästan galen förmåga att prata om mjukvara dygnet runt. När de inte jobbade var tre av dem onlinespelare, en annan tillbringade sin fritid med att titta på märkliga filmer, och den äldsta, Graham – en engelsman i början av femtioårsåldern – var den enda som var gift och i en relation med en annan människa snarare än med en datormus eller en spelkonsol.

Graham var annorlunda. Han var en passionerad astronom sedan barndomen och hade blivit god vän med Sir Patrick Moore

[27] under sin skoltid. Han besökte regelbundet den berömda mannens observatorium i Selsey på Englands sydkust. Vid 18 års ålder valde han att inte gå på universitet utan tog i stället ett utmanande jobb med skiftarbete för att övervaka transatlantisk telekommunikation för ett stort internationellt företag baserat i Antigua. Han återvände till Storbritannien sex år senare, gifte sig, fick tre barn i snabb följd, och klättrade snabbt i graderna hos sin ursprungliga arbetsgivare innan han tog ett välbetalt jobb på ett amerikanskt mjukvaruföretag – men fortfarande baserat i Storbritannien med över 90 % av sin tid på distans.

Hans beslut att ta anställning hos oss och flytta till Sorrento baserades till stor del på att hans fru hade utvecklat svår reumatism i 40-årsåldern och behövde ett varmare klimat än hemmet de ägde på kusten i norra Wales. En genial talang, Graham hade skrivit datorspel för extra inkomst under sitt tidiga yrkesliv och fortsatte att spendera varje ledig stund på att prata om sina något ovanliga föräldrar, som drev en dansskola i England mellan slutet av andra världskriget och mitten av 1970-talet då båda tragiskt nog gick bort relativt unga. Om det ämnet visste han helt enkelt inte när han skulle sluta prata och drog ständigt fram foton, gamla programblad från dansuppvisningar och pantomimer samt olika minnessaker, i tron att någon annan skulle vara intresserad. Trots detta ledde Graham teamet oklanderligt och hade en förmåga att översätta företagets behov till "datorspråk" för de andra fyra, vars språkkunskaper knappast kunde beskrivas som vare sig "formella" eller "normala".

Resan i SUV'n var följaktligen en märklig upplevelse. Konversationen hoppade vilt mellan koncept i ett rasande tempo. Jag satt bara och lyssnade tills jag till slut satte på radion för att överrösta dem och fokuserade på körningen. Vi stannade tre gånger, ungefär varannan timme, och tack vare företagets generösa regler kunde jag bjuda hela teamet på en ordentlig måltid på en rastplats halvvägs. Gud vet vad de andra middagsgästerna tänkte om vårt team och deras oavbrutna datorspråk. Vid starten av måndagsmötet fick jag för första gången prata med Sofia. Hon hade utsetts till att agera "lokal värd" för mötet – en roll som roterade bland medarbetare i mitten av karriären som ansågs lovande för ledarpositioner. Idén, skapad av Mebratu för tre år sedan, gick ut på att identifiera potentiella stjärnor som kunde bli framtida ledare. Sofia hade nämnts flera gånger som en sådan, och hon var oväntat enkel att prata med.

Alla bar namnskyltar, och det verkade nästan som om hon var förprogrammerad att komma och prata med mig. Hon öppnade med ett brett leende och orden: "Så du är Filippo. Jag har hört så mycket om dig".

För ett ögonblick lät det oäkta, men inom tio till femton minuter insåg jag att hon verkligen hade hört talas om mig, även om jag inte hade någon aning om varför. Hennes avslappnade och lättsamma sätt stod i stark kontrast till de vanliga korta och formella mötena jag hade haft med andra i liknande roller vid tidigare möten. Hon nämnde inget specifikt som antydde att hon visste om att jag övervägde ett jobb i Milano, så jag släppte en antydan om det själv: "Det verkar som om jag kanske blir erbjuden något här".

"Du är inte så sugen, eller hur?" svarade Sofia. Normalt skulle man kanske inte diskutera något sådant med någon på hennes nivå, men det var något med Sofia som fick mig att känna mig bekväm och avslappnad. "Nej", svarade jag, kanske lite för snabbt. Jag känner att jag redan pressas, och jag har inte ens haft intervjun än. Men det kanske inte är något jag borde prata med dig om".

"Förmodligen inte", svarade Sofia med ett leende. "Men nu när vi har börjat lovar jag att hålla det vi säger för mig själv". Hon lade till: "Jag är inte dum. Jag ser när någon känner sig obekväm. Tänk på mig som din analytiker. Det skulle alltid vara konfidentiellt, eller hur?" Hon såg mig rakt i ögonen, och allt jag kunde se var uppriktighet. Under de följande sju eller åtta minuterna berättade jag sannolikt mer än jag borde ha gjort. Men i efterhand är jag glad att jag gjorde det, eftersom det var precis då Angelina dök upp – eller snarare stormade in som en mobbare på skolgården.

"Filippo, vad glad jag är att se dig", började Angelina, med en kopp kaffe i ena handen och någon slags äppelpaj i den andra, som hon tuggade på mellan meningarna. "Förlåt maten, Filippo, frukosten var lite hastig i morse och jag behövde en påfyllning. Om du vill ha något, finns det massor där borta", sa hon och nickade vagt mot snackbordet i hörnet. "Jag har velat prata med dig. Jag hör att du är här för en intervju för att ersätta mig". Sofia log över axeln. Jag öppnade munnen för att säga något, men Angelina fortsatte bara: "Filippo, du måste ta över efter mig. Allvarligt, vem annars skulle kunna hantera det jag har fått hantera ... och fortfarande vara vid sina sinnens fulla bruk. Det här är press, men du är så bra på det, eller hur?"

"Inte enligt mig själv", tänkte jag. Press är något jag inte direkt behövde i Sorrento.

Angelina tryckte in en ny tugga av äppelpajen men slutade inte prata: "Hur som helst, Filippo, jag har sagt att jag slutar ... jag har saker att göra ... jag lämnar, och de bad mig att stanna tills de hittade en ersättare ..."

Hennes röst sänktes till en viskning när hon lutade sig mot mig. Jag fick en svag känsla av att det luktade alkohol från hennes andedräkt. Hon talade igen, med munnen bara några centimeter från mitt öra: "Jag tror inte att de har någon annan i åtanke, Filippo, så det är ditt. Stor fet löneförhöjning, alla flyttkostnader täckta". Hon stannade för ett ögonblick och sa sedan tydligt, långsamt och väldigt bestämt: "Filippo. Du måste ta det innan jag blir galen".

Hon övertygade mig på allvar om att detta var den sämsta idén någonsin. "Vi får se vad som händer", sa jag. "Det kanske är något helt annat".

"Allvarligt? Vänta och se. Din intervju är imorgon. Bara säg ja". Och med det åt hon upp den sista biten av sin paj, sköljde snabbt ner den med det sista av sitt kaffe, vände sig om och gick i väg. Jag stod tyst kvar, och först då insåg jag att Sofia hade varit en tyst åhörare till hela samtalet. Jag tittade på henne och drog efter andan för att säga något – vad som helst för att byta ämne till något helt annat. Sofia talade: "Du är här, så du kan lika gärna ha intervjun. Du har inget att förlora, och det är inte så illa som Angelina får det att låta. Hursomhelst, saker och ting kan bara bli bättre".

Sofia log varmt, en klocka ringde för att kalla oss till våra platser, och hon vände sig om och gick. Strax efter lunch nästa dag hade Graham och jag ett lugnt samtal. Jag bad honom att hålla ställningarna medan jag var borta resten av veckan. Hans svar: "Bara den här veckan? Oroa dig inte. Jag håller dem på tårna. Vi ses på fredag". En halvtimme senare befann jag mig i vad jag bara kan beskriva som den mest informella intervjun jag någonsin haft, med Mebratu och Amaïa. Den varade nästan två timmar, och Angelinas namn nämndes inte en enda gång. Faktum är att det märktes tydligt att de båda gjorde en poäng av att betona hur väl Ginevra och Lorenzo hade skött verksamheten, trots Lorenzos stora misstag. Det fanns ett tomrum som jag ombads fylla, och det var uppenbart att de inte hade någon annan i åtanke.

När det kom till pengafrågan blev jag fullständigt chockad. En löneökning på 80 % och förmåner långt bortom vad jag normalt hade förväntat mig, tillsammans med en monumentalt generös flyttbonus. I slutet var budskapet tydligt. Ring Serena och säg inget som kan få henne att tveka. Ring Graham och berätta att han får en befordran och löneförhöjning. Mitt öde var beseglat. De två samtalen var en formalitet, Serena på eftermiddagen och Graham morgonen därpå. Jag tillbringade de följande två och en halv dagarna med att bli briefad om allt – och ja, Angelina var inblandad.

Följande måndag flög jag in för att börja arbeta, men Angelina dök inte upp. Den utlovade tvåveckors överlämningen blev aldrig av. Lyckligtvis lyckades Sofia fylla omkring 85 % av luckorna, och resten lärde jag mig längs vägen. Mitt huvudsakliga uppdrag var att leda projektet mot ytterligare kodreleaser, definitivt två, och möjligen tre, eftersom det hade kommit en serie rapporter från Vincenzo som tydligt identifierade flera möjliga sätt att fixa bristerna i systemet i dess dåvarande stadie – nu långt över ett år försenat och fortfarande i ett läge där hårdvaran inte kunde möte mjukvarans behov, vilket bromsade utvecklingen av systemet. Efter att ha pendlat veckovis i sex veckor flyttade Serena upp till Milano med barnen. Vi beslutade att behålla villan i Sorrento som semesterhus. Jag är så glad att vi gjorde det. Företagets flyttbjudande och paket tillät oss att köpa en bostad nästan kontant, cirka 20 kilometer utanför Milano.

Farväl Sorrento. Hej Milano. Och där började den mest påfrestande perioden i mitt arbetsliv.

KAPITEL 7

EN SAMMANDRABBNING AV SINNEN

November 2008

Kort efter att jag flyttade till Milano, faktiskt inom den första veckan, organiserade jag enskilda möten varje tisdag eftermiddag med både Tara och Bernardo, mina biträdande chefer, samt tilldelade omkring femton minuter för flera andra, inklusive Sofia. Giorgio var med ungefär en gång var fjärde vecka, främst för specifika affärskrav som krävde hans input. Allt följde en strikt professionell tidsplan, och både Tara och Bernardo fick cirka 45 minuter vardera, även om jag reserverade en timme. Ordningen ändrades varje vecka för att passa tidsscheman, och jag var noga med att tillgodose deras andra åtaganden, både på jobbet och privat. Jag hade länge trott att en anställd arbetade så mycket bättre om jag gav dem tillräckligt med tid för att hantera personliga kriser och familjefrågor, och det var definitivt sant när jag hade gett Graham all tid han behövde när hans fru drabbades av ett allvarligt återfall av sin reumatism. Ungefär den tredje veckan på mitt nya jobb kände jag verkligen att vi gjorde framsteg, trots vissa brister i både hårdvara och mjukvara. Men jag började också känna att min smekmånad med högre ledningen redan började lida mot sitt slut, baserat på hur de hanterade mig. Det förvånade mig inte direkt, men vid den tiden var det inte mer än ett störande moment. Den där specifika tisdagen var Sofia den sista teammedlemmen som kom till mitt kontor för sitt veckomöte, och eftersom hon hade varit starkt involverad i kundmöten under större delen av måndagen och tisdagen, kom hon inte tillbaka till kontoret förrän efter 17:30. Inom fem minuter var hon vid min dörr, skickligt balanserande två stora koppar kaffe och en påse kakor på sin laptopväska. Giorgios femton minuter, schemalagda till 17:00, hade dragit ut på tiden, och de möttes i korridoren när Sofia kom – utan ett ord till varandra.

"Inget nytt där, eller hur", sa Sofia på ett mycket avslappnat sätt och nickade åt Giorgios håll när han gick. "Han hade aldrig mycket att säga till mig, och särskilt inte när vi gick i skolan tillsammans".

"Jag visste inte att ni gjorde det", sa jag, något förvånad. "Jag trodde att du var ett år äldre?"

"Det stämmer, men när jag kom till Italien var jag elva år gammal och pratade relativt lite italienska, även om min italienska mormor hade uppmuntrat mig. Så min skolgång fick pausas i ett år för att jag skulle komma i kapp till samma nivå som mina jämnåriga. Jag tror ärligt talat att jag skulle ha klarat mig ändå, men skulle jag ha nått den här nivån om jag inte fått det där extra året? Vem vet. "För övrigt hade jag en superkraft i skolan ... eller, jag antar att man kan säga att jag har två, och jag använder dem fortfarande ibland, även om jag redan använde dem på gymnasiet, där jag träffade – eller kanske borde jag säga – stötte på Giorgio".

Och med det såg hon mot den tomma väggen några meter bort, där vi precis kunde skymta Giorgios rörelse nerför trapporna.

"Och vad är de, får jag fråga?" tänkte jag, osäker på om de var en välsignelse eller raka motsatsen, beroende på vad dessa "superkrafter" användes till.

"Nåväl, jag bemästrade italienskan till samma nivå som mina skolkamrater inom cirka arton månader efter att jag kom hit. En av dem, en tjej som kallades Tassie av sina vänner, hade väldigt nedsatt hörsel från något hälsoproblem när hon var sju, även om nästan ingen visste det. Hörapparater hjälpte henne inte alls, så hon hade lärt sig läppläsning till en mycket hög nivå vid åtta års ålder, och hon lärde mig när jag var omkring tolv. Vid tretton kunde jag läsa läppar både på italienska och engelska – och faktiskt också på mitt modersmål rumänska – även på stora avstånd, som från andra sidan skolsalen.

"Den andra superkraften var något jag utvecklade som barn i Rumänien, där jag lärde mig fokusera på tyst tal i bullriga miljöer. Och det är här det blir intressant ..."

"Som du vet, under de sista två åren i de flesta gymnasieskolor förbereds eleverna för de examensprov som förhoppningsvis ska ta dem till universitetet. Året innan detta blir varje elev på vår skola intervjuad av skolans personal för att bestämma vilka ämnen de ska välja för dessa sista två år. Intervjuerna brukar ligga i närheten av deras sextonde födelsedag, baserat på tanken att de vid det laget borde ha utvecklat en ganska mogen syn på livet. I mitt fall sammanföll detta med min sjuttonde födelsedag, på grund av det extra år jag tog i grundskolan. Biblioteket låg precis bredvid rektorns och biträdande rektorns kontor, och väggarna där var riktigt tunna eftersom skolan byggdes på en snäv budget med billiga prefabricerade material strax efter 1945. Giorgio var en av dem som fyllde år tidigt på läsåret, medan jag, trots att det var mitt sjuttonde år, hade min födelsedag betydligt senare. När han hade sin intervju hade jag en fristående studiesession – i biblioteket, som var den tystaste platsen i hela byggnaden, och jag kunde höra vartenda ord som sades".

"Jag är fascinerad," svarade jag. "Fortsätt ..."

"Nåväl, Giorgio var lite av en ensamvarg. Ja, han hade några vänner, men de var i stort sett också ensamvargar. Han var uppenbart smart, och jag minns att vi under en matematiklektion i första året gjorde ett IQ-test, och Giorgio fick högsta resultatet – geni-nivå! Ja, jag läste lärarens läppar när hon gick igenom resultaten".

"Men över lag presterade han under sin förmåga. Han avskydde vissa lektioner, delvis tror jag för att han kände att han var långt över det som lärdes ut. Han hatade att lära sig saker utantill, som det periodiska systemet i kemi och latinska konjugationer, och han föll ner till lägre nivågrupper. Men även om han inte ville erkänna det, hade han konstnärliga talanger. Jag minns en skolpjäs där hans skådespeleri verkligen lyste, en italiensk översättning av en av Lewis Carrolls Alice-böcker [28], jag kan inte specifikt komma ihåg vilken. Dessutom var han en skicklig gitarrist och, till skillnad från nästan alla andra pojkar, kunde han dansa. Men vad han verkligen ville göra på universitetet var naturvetenskap. När jag lyssnade på samtalet mellan honom och rektorn genom väggen blev det tydligt att lärarna inte höll med".

"Vad hände sedan?" frågade jag.

"De överraskade mig. I slutet av det föregående året hade vi alla gjort ett märkligt skriftligt test som kallades för universitetspotentialanalys. Det visade sig vara ett psykometriskt test. Rektorn nämnde det i samtalet med Giorgio. Jag lärde mig senare att skådespelare och försäljare har mycket liknande psykometriska profiler – visste du det?"

"Ja," svarade jag, men hon fortsatte utan att låta mig säga mer. "Tydligen visade testet att Giorgio hade exceptionella talanger för dessa områden. För min del visade mitt test snabba administrativa och organisatoriska färdigheter. Tråkigt, eller hur?" Hon skrattade.

"Så där var Giorgio, som bad att få läsa naturvetenskap, och rektorn gjorde det mycket klart att hans bästa val skulle vara marknadsföring och reklam. Det var enda gången jag hörde Giorgio höja rösten mot en lärare. Han ogillade verkligen idén. Men rektorn vann. Resten, som man säger, är historia".

Sofia log varmt och lade till: "Giorgio visste inte ens att vi kände varandra från skolan när vi träffades här. Jag tyckte det var bäst att inte ta upp det. Väck inte den björn som sover, som man säger".

Efter att ha hört Sofias berättelse beslutade jag att det inte var rätt tidpunkt att gräva djupare. Jag skulle dela denna information med några andra i ledningen senare.

Vårt möte flöt sedan på snabbt och effektivt, mycket tack vare Sofias organisatoriska förmågor. Vid 18-tiden skildes vi åt, och för en gångs skull fick jag en relativt tidig kväll.

Några månader innan jag blev tillfrågad att ta jobbet i Milano hade det hållits ett beryktat stökigt möte, så som jag blev informerad om, och från vad jag kunde höra via ljudlänken (video var inte tillgänglig). Det involverade Angelina, min föregångare, Vincenzo, som ofta befann sig i centrum för konflikter, och Giorgio, som var måltavlan för många personers ilska över att han hade satt företaget i den nuvarande situationen från första början. När det gäller vilka som var involverade var det knappast någon överraskning.

Jag observerade, men var inte fysiskt eller direkt inblandad själv eftersom jag fortfarande var kvar i Sorrento och vid den tiden hade ett ganska fullspäckat schema. Det var helt enkelt inte praktiskt att flytta mig för detta enda möte, även om Vincenzo, på grund av andra åtaganden, kunde delta personligen.

Angelina var den tredje projektledaren som försökte hantera en snabbt förvärrad situation, både vad gällde själva projektet och relationen med kunden. Vincenzo levererade, som alltid, snabba och extremt effektiva lösningar på komplexa problem som projektteamen i Milano ständigt stötte på. Giorgio var fortfarande kvar på företaget, trots att många ansåg att han borde ha lämnat för länge sedan, och tvingades delta i sådana här möten eftersom de rörde projekt, inte bara detta, som hans säljargument hade dragit till företaget. Vad jag inte förstod då var att Angelina var i början av en mental kollaps, även om hon vid det laget fortfarande lyckades dölja det väl för alla. Jag fick senare veta att Mebratu och förmodligen även Amaïa vid den tidpunkten redan var "bekymrade" över henne.

Det specifika projektet var inte huvudämnet för mötet – vilket var ovanligt eftersom de flesta möten tenderade att fokusera på just detta projekt. Vi visste dock alla att Vincenzo hade en förmåga att ge subtila slag under bältet mot personer han ansåg orsakade problem. Så medan han höll en presentation om ett orelaterat projekt som gick mycket bra, smög han in en väldigt sarkastisk kommentar som, med färre än tio ord, fick både Angelina och Giorgio att se rött. Det öppnade helvetets portar. För en gångs skull kämpade Giorgio och Angelina (verbalt) på samma sida i försvaret mot Vincenzos kommentar, och Vincenzo, som hade suttit mellan dem innan han reste sig för sin presentation, tvingades nästan gömma sig bakom talarstolen när han avslutade. Enligt Tara, som senare beskrev scenen för mig, reste sig både Angelina och Giorgio från sina stolar och Mebratu fick gå emellan för att skilja de stridande parterna åt.

Ja, Mebratu lyckades lugna ner situationen, men han och Amaïa skickade ut ett gemensamt meddelande efter mötet som gjorde det tydligt att sådant beteende inte skulle tolereras. Som ni redan är medvetna om hanterades liknande händelser i framtiden med större allvar och ibland genom att de stridande parterna placerades i separata rum på olika våningar. Problemen med kunden, som var tydligt irriterad över de extremt långsamma framstegen, bidrog till spänningen. Men vid just det här tillfället överträdde Vincenzo verkligen gränsen eftersom hans presentation skulle ha handlat om ett helt orelaterat ämne.

Tjugofyra timmar senare arrangerade Mebratu möten med de tre inblandade för att lugna situationen och också ta upp en specifik punkt gällande Angelina. Han visste om hennes nepalesiska bakgrund - det hade hon aldrig dolt när hon började på företaget. Senare, efter att Angelina försvunnit när jag flyttade till Milano, fick jag veta att Mebratu hade snappat upp att Angelina ville göra en andra resa tillbaka till Nepal, både för att försöka hitta sina rötter och för att återse en av de personer som tagit hand om henne när hon först blev övergiven, syster Tamara. Vid en minnesträff för Sofia, där Angelina överraskande nog deltog med sin nya partner, berättade hon för mig att hennes sökande hade varit förgäves och att hon till slut hade accepterat att hon nästan säkert aldrig skulle hitta sina närmaste nepalesiska släktingar.

Men vid tidpunkten för det mötet med Mebratu hade han tydligen fått tag på något, någon liten bit information, som påverkade Angelinas förmåga att utföra sitt jobb. Han hade försiktigt frågat, formulerat sina ord noggrant, och fick genast en verbal örfil, då Angelina ganska rakt på sak berättade att hon ville lämna projektet och att han borde ersätta henne förr än senare. Med tanke på att Mebratu är en av de mest subtila och respektfulla chefer jag någonsin har arbetat under, kom det som en överraskning. Men mötet, som tydligen var schemalagt för fyrtiofem minuter, varade mindre än fem innan Angelina stormade ut med de avslutande orden: "Hitta min ersättare nu, eller så har du min uppsägning på ditt skrivbord på måndag".

Mebratu berättade allt för mig dagen efter att Angelina inte dök upp på min första officiella arbetsdag. Efter att ha sett och pratat med henne när jag hade kommit till Milano för mötet där jag erbjöds jobbet, förvånade det mig faktiskt inte. Men ett vykort från Nepal fyra och en halv vecka senare gjorde det. En sak hon skrev var, "Förlåt ... för att jag inte var där när du började ditt nya jobb", och den andra var, "Snälla håll detta privat. Jag ska låta dig veta hur det går". Hon höll sitt ord, och åtta månader senare kom ytterligare ett brev från henne, denna gång ett ganska långt sådant, där hon beskrev resan, möten med personer som hade tagit hand om henne som spädbarn, och även med en annan kvinna som var i Nepal av samma anledning och på samma plats. DNA-tester visade dock att de inte var särskilt nära släkt, utan något i stil med tionde kusiner, knappast nära. Hon nämnde aldrig om de höll kontakten, men jag gissar att det verkar osannolikt.

Och där stod jag nu, i spetsen för en berg-och-dalbana av förestående katastrofer, med uppdraget att fixa det om det överhuvudtaget var mänskligt möjligt. Och det innebär att det enda du kan göra är att göra ditt bästa och be … mycket.

KAPITEL 8

FÖRFÖLJD AV DET FÖRFLUTNA

Kathmandu, Nepal, 26 december 1970

Det svaga knackandet på dörren väckte genast syster Anastasia ur hennes djupa sömn. En blick på armbandsuret, en lyx hon tilläts på grund av det särskilda arbete hon utförde i klostret, visade att klockan var strax efter 04:20. Normalt skulle hennes väckarklocka ringt klockan 05:30, vilket signalerade ett akut behov av uppmärksamhet. Hon steg upp ur sängen, rättade till täcket och tog på sig sin enkla morgonrock från klädkroken på dörren innan hon öppnade den.

"Jag är mycket ledsen att störa dig, syster Anastasia, men du behövs vid östra dörren till matsalen". Det kunde bara betyda en sak. Nyheten som levererades av syster Tamara, den senaste medlemmen i orden som kommit till Nepal, var angelägen. När de gick tysta genom korridorerna i vad som en gång hade varit en brittiskägd privatskola runt sekelskiftet 1900, tänkte syster Anastasia på att detta datum, den 26 december, som i den kristna kalendern brukar kallas St. Stefans dag och för miljontals människor världen över som Annandagen, tidigare i hennes liv hade varit mycket betydelsefullt av två helt olika anledningar. Medan vissa ordnar firar faktiska födelsedagar, firade denna orden sedan långt innan hennes ankomst endast årsdagen av systrarnas slutliga löften. För syster Anastasia hade detta inte varit förrän hon var i början av trettioårsåldern, till skillnad från de flesta systrar som inträdde i klostret som noviser direkt från skolan. För henne var den 26 december dock inte bara hennes födelsedag utan även hennes bröllopsdag, då hon på sin tjugonde födelsedag hade gift sig med sin barndomskärlek Liam i en liten landsortskyrka på Irland. Han var ett par år äldre, arvtagare till familjens blomstrande bilhandelsföretag, och på lite drygt ett år var de stolta föräldrar till tvillingpojkarna Conor och Declan. Men bara sex veckor efter pojkarnas födelse, på väg för att besöka Liams föräldrar utan henne eftersom hon kände sig dålig, omkom han och deras barn i en frontalkrock med en lastbil. Kombinationen av postnatal depression och förlusten av dem hon älskade mest sände henne in i en nedåtgående spiral. Det var endast tack vare engagemanget av en äldre syster i ett lokalt kloster som hon kom tillbaka från den förtvivlan hon hade sjunkit ner i. Det ledde dock inte till att hon omedelbart trädde in i orden. Det tog ytterligare sex år innan hon själv tog upp tanken med samma äldre syster och ytterligare ett år innan hon tog sina första steg att ansluta till orden.

Ljudet av de ihåliga trätrappstegen som ledde ner till östra dörren drog henne tillbaka till nuet. Syster Anastasia, som hon alltid gjorde i sådana situationer, tittade genom fönstret vid sidan av dörren för att försäkra sig om att ingen fanns i närheten, och låste sedan upp dörren. Där, på trappan, låg ett spädbarn varmt inlindat mot nattkylan i en låda. Detta hände kanske åtta eller nio gånger om året. Detta var ett fattigt område, på många sätt idealiskt för systrarnas missionsarbete i utsatta samhällen, en av tre sådana missioner runt om i världen, de andra i Peru och Indien. Men den nivån av fattigdom ledde oundvikligen till oönskade graviditeter. Som nästan alltid fanns det ingen lapp, och de två systrarna bar barnet inomhus och gick direkt till den lilla avdelningen i klostret som var avsett för sådana barn. En ny adoption var redan under planering.

* * * * *

Orden hade ett internationellt system för att hitta hem åt barn i sådana situationer, koordinerat från ett kontor i Dublin. Syster Anastasia och, för tillfället, syster Tamara hade ansvar för att ta hand om barnen vid denna mission. Märkligt nog var inte alla barn nepalesiska - under det gångna året hade de fått två barn som var åtminstone till hälften vita kaukasier. Men systrarna ställde aldrig frågor, pekade aldrig finger och behandlade varje barn med samma omsorg som alla andra. De flesta barn adopterades inom sex månader, men av någon anledning väckte denna flicka, som tydligt visade spår av att vara delvis europeisk, inte någon blivande adoptivförälders intresse. Det var först när flickan var nästan ett år gammal som någon visade intresse. En man, ensam, kom till klostret och talade med syster Anastasia och överhuvudet av orden tillsammans och förklarade sin något ovanliga situation.

Han var en italiensk civilingenjör vid namn Tomasso i 40-årsåldern, och jobbade som underleverantör till Nepals regering. Han berättade att han hade arbetat i Nepal i nästan fem månader av ett sexmånaderskontrakt när han hörde talas om missionens arbete. Det var hans tredje sexmånaderskontrakt, och syster Anastasia kunde snabbt överväga möjligheten att han kunde vara fadern, och att modern hade varit en lokal prostituerad, möjligen en tonåring. Men tidslinjen gick inte ihop när han förklarade sin bakgrund, även om det slog henne att han kunde känna till faderns identitet. Barnet hade varit mellan fyra och sex veckor gammalt när hon kom till missionen, och tio månader tidigare hade han varit på ledighet i Italien eftersom hans fru, tio år yngre, då skulle föda. Han förklarade att det var hennes fjärde graviditet, att hon förlorade barnet, liksom de tre tidigare, och att de hade kommit överens om att börja leta efter adoption nästa gång han kom hem. Anledningen till att han inte kunde göra något just då var att han skulle lämna Nepal för Italien om bara fem dagar och vara borta i fyra månader innan han återvände för ytterligare sex månader. Han berättade också att han hade pratat med sin fru i telefon, förklarat om missionens arbete, och att hon redan hade gått med på att följa med honom under de första två veckorna av hans nästa kontrakt för att besöka missionen. Hon skulle dock återvända till Italien, och vid slutet av hans kontrakt skulle hon komma tillbaka, om allt var i ordning, med sikte på adoption.

Han träffade flickan, som ännu inte hade fått ett namn, medan hon lekte stillsamt med träklossar på golvet i barnkammaren. Det var första gången Angelina, som hon senare skulle kallas, träffade någon som inte var kvinna. Hon blev till synes chockad och brast i gråt. Men mannen stannade hos henne i nästan två timmar och lekte tyst på golvet med henne. För de två skapades en början till ett band. När han skulle gå erbjöd han syster Anastasia en donation för att stödja deras arbete, och han var förvånansvärt generös. Med ett löfte om fortsatt ekonomiskt stöd gick han sin väg, och så började kvartalsvisa internationella banköverföringar som pågick under hela Angelinas barndom. Han höll sitt löfte. Hans fru Velda följde med honom tillbaka till Nepal i början av hans nästa kontraktsperiod, och hon blev omedelbart förtjust i den lilla flickan. Alla sådana adoptioner tog tid, den italienska ambassaden var inblandad, men processen sattes i gång. Några månader senare flög Velda till Kathmandu för att slutföra adoptionsprocessen. Angelina fick sitt eget italienska pass och höll Tomassos och Veldas händer medan hon gick mellan dem. Syster Tamara bar med sig alla små ägodelar som Angelina hade samlat på sig under sitt korta liv.

Det var den enda adoption som syster Tamara bevittnade där syster Anastasia fällde en tår. Om saker hade varit annorlunda, om hennes make under alla dessa år sedan hade varit 30 sekunder tidigare ... eller senare, skulle hon då någonsin ha befunnit sig i denna position? Troligtvis inte. Efter att Tomasso, Velda och Angelina hade lämnat gick hon tyst till kapellet, knäböjde framför det enkla altaret och bad – för barnet Angelina, för den familj Angelina hade fått, för den familj hon själv hade förlorat, det liv hon hade valt och en kort bön för sig själv. Några månader senare begärde hon att få återvända till Irland, en begäran som beviljades. Hon gick in i tyst reträtt och det tog två år innan hon återvände till Nepal. Hon hörde aldrig från Angelina själv, men fick varje år under Angelinas liv ett brev från Tomasso tills Angelina hade avslutat sin universitetsutbildning.

Angelinas uppväxt hos sina adopterade italienska föräldrar kunde inte ha varit bättre. Tomasso och Velda drev en framgångsrik verksamhet inom detaljhandeln, Tomasso var en medlem av kommunfullmäktige och medlem i Rotary samt medlem av Business Network International (BNI). Eftersom han var medlem i Rotary, var Velda medlem i Inner Wheel-organisationen. Angelina älskades och uppskattades men fick också en välstrukturerad och stabil utbildning och uppfostran. Eftersom hennes föräldrar var tvåspråkiga och talade både italienska och engelska flytande, främst på grund av deras affärsrelationer, kunde Angelina också tala flytande engelska med London dialekt. Hon tillbringade sitt tredje universitetsår i England vid London School of Economics, där hon tog examen med utmärkta betyg innan hon återvände till Italien för att arbeta ett år inom industrin. Därefter tog hon en magisterexamen.

Hon arbetade i Storbritannien i två år innan hon av en ren slump träffade en syster från den mission där hon hade blivit lämnad som spädbarn. Tomasso och Velda hade aldrig hållit detta hemligt för henne och diskuterade öppet omständigheterna kring hur Tomasso först träffade henne. Vid ett evenemang i London 1999 introducerades Angelina till syster Tamara, som besökte Storbritannien och flera andra länder för att samla stöd till systrarnas välgörenhetsarbete. Detta tände gamla frågor till liv igen. Några veckor senare sökte Angelina, nu 28 år, upp syster Tamara och frågade om hon visste något om hennes bakgrund. Syster Tamara var mycket ärlig och direkt med henne. Fyra månader senare bad Angelina om att få följa med syster Tamara tillbaka till Kathmandu. Eftersom hon var född och adopterad där hade hon fortfarande sitt födelsecertifikat, vilket gjorde att hon inte behövde något visum. Fem veckor efter att syster Tamara återvänt till Nepal anlände Angelina efter att ha tagit en tre månaders tjänstledighet. Sökandet, som syster Tamara och syster Anastasia (nu i 70-årsåldern) hjälpte henne med, visade sig dock vara fruktlöst. Samhället i området där hon hade blivit övergiven verkade sluta sig. Hon genomgick DNA-tester i hopp om att hitta en match, men det gav inget resultat. Efter elva veckor, med sin tjänstledighet snart över, sade hon farväl till systrarna. Hon visste inte då att syster Anastasia hade obotlig cancer och skulle avlida bara några månader senare. Trots löften om fortsatt efterforskning från syster Tamara insåg Angelina att chanserna var minimala. DNA-testet visade att Angelina var en åttondel vit europé, vilket betydde att en av hennes far- eller morföräldrar inte var nepalesisk. Hon visste från historieböcker att det brittiska engagemanget i Nepal hade cementerats genom ett fördrag år 1923 och att nepalesiska trupper kämpade mot Japan under andra världskriget, men när det gällde vem den där förfadern/förmodern var, kom det aldrig några svar.

Efter att ha återvänt till Italien och sitt jobb, avancerade Angelina snabbt till en ledande position. Sökande efter nya utmaningar började hon hos oss 2002, där hon anställdes av Mebratu efter att han insett hennes otroliga potential. Tidigt 2008, drygt två år in i det stora projektet, tog hon över som projektledare när Lorenzo "fick rådet" att hitta en ny position. Det var inte för att Lorenzo hade misslyckats med sina huvuduppgifter, utan på grund av det systemfel och den allvarliga felbedömning han hade gjort, som kostade företaget mycket. Hans intolerans mot kvinnliga medarbetare gjorde situationen ohållbar. Angelinas utnämning hade som syfte att lugna konflikterna inom teamet, vilket delvis lyckades. Hon övervakade de två nya mjukvarureleaserna, var och en avsedda att lösa buggar i mjukvaran. Men varje gång den nya mjukvaran implementerades i systemet skapades nya problem, något som inte låg på Angelinas bord. Det ständiga arbetet med att leverera en fungerande mjukvara och all stress gjorde att Angelinas entusiasm för jobbet gradvis avtog och det påverkade hennes arbetsförmåga. När hon meddelade sina planer att lämna sin roll, och med vetskapen om att jag övervägdes som hennes ersättare, såg hon den perfekta möjligheten att kliva åt sidan. Kort efter att jag tagit över gjorde Angelina ytterligare en resa till Kathmandu. Liksom tidigare ledde det ingenstans. Den nepalesiska gemenskapen förblev tyst. Till slut övertygade syster Tamara henne om att acceptera det oundvikliga – och den här gången gjorde hon det.

KAPITEL 9

EN VÄG TILL LÖSNING... NEJ, TACK!

Våren 2008

Vid påsken 2008, i början av den fjärde veckan i mars, med Angelina på plats som den tredje projektledaren, insikten om det enorma felet som gjorts av en man vid namn Erdi, tillsatt av Lorenzo, hade upptäckts och nu höll på att åtgärdas. Lorenzo hade satts åt sidan och ersatts, och Mebratu kunde andas ut eftersom han inte behövde hantera hela projektet till slutet. Man kunde ha trott att allt gick relativt smidigt.

Tänk om!

Mebratu hade en liten ledningsgrupp, som i bästa fall träffades varannan vecka. Vid dessa möten var Amaïa vanligtvis bara en observatör, även om hon ibland tog över som ordförande när Mebratu inte var tillgänglig, tillsammans med Angelina och hennes två seniora biträdande chefer, Tara och Bernardo. Periodvis deltog även min biträdande chef Graham, när det gällde programvarurelaterade frågor, och jag själv när det rörde sig om logistik och andra icke-programmeringsfrågor. För både Graham och mig innebar det att ringa in till en konferensbrygga. Mötena omfattade enbart företagets heltidsanställda och exkluderade underleverantörer, vilket gjorde att Graham föredrogs framför Vincenzo. Vid ett särskilt möte tidigt under 2008, jag minns inte det exakta datumet, var både Graham och jag involverade. Vid den tidpunkten minns jag att jag tänkte för mig själv att jag hoppades att jag aldrig skulle behöva kliva in i Angelinas skor. Hur fel hade jag inte.

Mebratu, som ordförande, inledde mötet med en ganska skarp bedömning av situationen. ”Så”, började han, ”Med alla de övergripande strukturella beslut som fattades under Lorenzos tid (även bortsett från Erdis obefogade och helt felaktiga beslut) står vi nu inför två betydande utvecklingsprogram. Det ena är ett fullstack-system för klienten, utvecklat av företagets egen personal samt konsulter. Det andra är vårt eget billing-system, vilket ni alla vet lätt kan användas som grund för liknande system till andra potentiella eller befintliga kunder. Det tredje är kundens unika lösning som vi är skyldiga att leverera”. Alla nickade eller mumlade lågmält.

Mebratu fortsatte: ”Felen i faktureringshanteringsprogrammeringen, som är en följd av Erdis beslut, håller nu på att noggrant justeras och omprogrammeras, och saker och ting borde flyta på smidigt…” Han pausade. ”…tror jag”. Amaïa, som vanligtvis höll en låg profil vid dessa möten, inflikade: ”Jag är inte så säker”. Mebratu bad henne fortsätta.

”Problemet, som jag ser det, är det tredje utvecklingsprogrammet som vi kör parallellt med de andra två. Jag syftar på vårt eget billing-system som vi började utveckla innan vi landade detta kontrakt och som rekommenderades för integration redan från början. Som ni alla vet erbjöd vi kunden, oberoende av billing-system, att inkludera vår realtids-charging - och bankmodul, ett konvergent system, som också möjliggör autogirobetalningar, istället för att debitera via pappersfakturor. Jag är fullt medveten om det ursprungliga konceptet för denna leverans, vars syfte var att integrera andra befintliga debiteringssystem med en faktureringslösning vi förvärvade vid övertagandet av ett annat företag som specialiserade sig på sådan programvara. Men det verkar bara inte passa in i helheten." Mebratu bad Graham ge sin bedömning, med tanke på att han redan hade ombetts att titta på detta. Grahams profetiska uttalande var mer än lite oroande: "En av de viktigaste sakerna som jag tror kommer att framkomma under de kommande veckorna är om arkitekturen i en del av påminnelse-modulen, alltså den del som hanterar kunddebiteringar när fakturor förfaller, och arkitekturen i den andra delen av systemet, alltså själva billing-systemet, kommer att fungera när vi försöker integrera dem. Och intäktshanterings-modulen kan mycket väl bli den avgörande faktorn".

"Enligt min åsikt är systemen för olika, vilket innebär att varje försök att integrera de två, när ni försöker integrera dem med andra delar av hela lösningen, nästan säkert kommer att orsaka problem inom den övergripande arkitekturen. Det gör hela utvecklingen mycket utmanande och, som ett resultat, om jag inte misstar mig totalt..." ... för ett ögonblick tänkte jag för mig själv: *"Graham har aldrig fel"*... "... kommer det inte att lösa de huvudsakliga problemen som klienten vill lösa for klientens programmerare, kundtjänstpersonal och huvudsakligen for slutkunderna när det gäller flexibilitet, skalbarhet och smidighet. Även om lösningen för debitering och fakturering kan integreras ... om det råder det ingen tvekan ... är jag personligen orolig för att det kan bli extremt omständligt för klienten att lansera nya produkter och tjänster. Och det är vad de vill ha".

Faktum var att när de tre elementen fördes samman visade sig Grahams förutsägelse vara helt korrekt. Ordet "omständligt" var faktiskt en något för mild beskrivning.

Försommar 2008

Angelina kontaktade mig omkring åtta eller nio veckor in i sin befattning, i slutet av maj, och bad om Graham och hans team, som lyckligtvis hade en verklig paus i sin arbetsbelastning under cirka tio dagar, för att ta en noggrann titt och se om det fanns någon lösning på problemen. Jag måste säga att när mina nördar samlas för att lösa ett problem, skulle man tro, om man lyssnade på deras prat, att de använde ett konstigt språk skapat för någon science fiction tv-serie eller film som inte hade det minsta att göra med normalt mänskligt tal. Det fanns mer än en gång då jag hörde dem småprata och tänkte att jag behövde översättning. Graham hade direkt kontakt, inte bara med Angelina utan också med flera andra teamledare och uttryckte vid mer än ett fåtal tillfällen tvivel om hur i hela friden allt någonsin skulle passa ihop. Vid slutet av den tvåveckorsperioden, i mitten av juni 2008, hade Graham levererat lösningarna som hans team arbetat fram, i sin helhet, till Angelina. Efter samtalet med henne kom han till mitt kontor och gjorde en mycket tydlig kommentar till mig.

"Hon kämpar", sa han, "mentalt, menar jag". "Det tror jag ej" svarade jag. "Jag var uppe i Milano för ett stort avdelningschefsmöte förra onsdagen. Hon var där och såg ut och lät helt normal". "Tja, i ett stort möte som det skulle hon förmodligen känna att hon var tvungen att hålla ihop allt. Du vet, när man är omgiven av andra projektledare i företaget på ett av de stora mötena, måste man se och låta 100%. Men när jag pratar med henne ensam på telefon, särskilt sent på kvällen de senaste två veckorna när det knappt finns någon annan där, kan man höra pressen. Den är påtaglig!"

Han tittade rakt på mig, nästan som om han bad mig ifrågasätta hans synpunkt. Jag sa ingenting, men jag kunde, om jag verkligen tänkte på det, förstå hans poäng. Graham ryckte på axlarna och gick i väg. När han kom till dörren stannade han, tittade tillbaka över axeln och sa: "Det har varit en lång tvåveckorsperiod för mig och de andra. Du och jag borde vara lyckliga att vi inte är under så stor press. Åtminstone driver du inte det projektet, och precis som jag bidrar du bara där det behövs. Vi ses nästa måndag. Bara så att du inte glömmer, jag är på semester en vecka. Ha kul med nördteamet".

Det han hade sagt gjorde stort intryck. Jag visste att Angelina hade tagit en sabbatsperiod för några år sedan för att söka efter sina familjerötter ... utan framgång. Grubblade hon på det igen, eller var det bara effekten av att ta sig an det största projektet i företagets historia under en tid med stora problem? För att vara rättvis mot Angelina hade hon snabbt löst många av de problem som Lorenzo lämnat efter sig. Men andra problem tornade upp sig, och från min bekväma bas i Sorrento kunde jag se att hon hade mycket på sitt bord.

Så tillbaka till den lösning som detta specifika projekt behövde hitta – varför skulle det plötsligt fungera bra att utveckla en integrerad lösning med gamla komponenter om det inte hade fungerat tidigare? Teorin här var att de förändringar som klienten efterfrågade inte borde vara "raketforskning". Och förresten hade klienten redan ett liknande faktureringssystem i flera andra länder i Europa som en del av deras kundtjänstprogramvara. Man kan fråga sig varför de helt enkelt inte hade tagit ett befintligt system från ett annat land, ändrat språket, anpassat de finansiella och juridiska reglerna som gäller i det landet och kört det här? Men Giorgio hade sålt dem ett paket som innehöll mycket "framtidssäkring", skalbarhet och extra funktioner som andra system i Europa helt enkelt saknade. Och han var han en otroligt skicklig säljare ... överambitiös, ja ... överdrivet självsäker, absolut ... och ibland helt över huvudet i djupt vatten ... som nu.

Problemet var att delar av det paket Giorgio hade sålt till klienten bara kunde kodas på hårdvara som fortfarande inte existerade. Så, hur svårt kunde det vara att lösa alla problem, alla buggar ... och alla avdelnings- och teamövergripande argument och skuldbeläggande? När det kom till kritan var detta uppenbarligen ett ledningsbeslut som fattades någonstans ute i Kuiperbältet, och långt ifrån att vara förankrat på solid grund. Situationen hjälptes inte av att klientens amerikanska moderbolag var, och fortfarande är, en helt separat enhet från de europeiska bolagen. Dessutom hade det sin egen helt separata ledningsstruktur, och inget av företagen inom klientens koncern hade något inflytande över vad som hände i Italien på en taktisk nivå. Även om ingen någonsin faktiskt har bekräftat detta för mig, eller någon annan i vår organisation, hade klientens amerikanska moderbolag fantastisk tillväxt och intäkter. Deras folk här i Italien brydde sig inte det minsta om hur amerikanerna drev sin verksamhet och vice versa, så länge båda var lönsamma och fortsatte att växa.

Som jag nämnde hade vi utmaningarna att öppna en tredje utvecklingsorganisation för fullstack-systemet, och dessa utmaningar var kopplade till resurser, inte bara personal utan också kontorsutrymme, hårdvara och utrustning i allmänhet. Redan när projektet startade fanns det utmaningar. De flesta ville arbeta med det nya i stället för att fortsätta utveckla en ”döende” lösning som vårt gamla CAIM-system (Customer Accounts and Invoicing Management), och som ett resultat hamnade vi väldigt mycket i en A- och en B-lagssituation, där de mest skickliga och bästa personerna arbetade med det nya systemet medan resten drog det kortaste strået. Intressant nog påpekade någon att förkortningen CAIM också har betydelsen “helgedom” och har keltiskt ursprung. På många sätt kändes den gamla mjukvaran fortfarande som en helgedom, något vi kunde lita på för att skydda oss.

Senare hade jag ett intressant samtal med Tara, en av Angelinas ställföreträdare, kort efter att hon började arbeta under mig när jag tog över efter Angelina. Hon förklarade irritationen som många kände. ”När företaget behövde ett separat team för det nya systemet rekryterades resurserna helst från A-laget, eftersom de i teorin var de med högre kompetens. Det orsakade mycket irritation bland teamledarna som kände att deras bästa personer orättvist togs ifrån dem. Flera av mina ledare pratade med mig och uttryckte sin djupa ilska över situationen”. Jag erkände för henne att jag alltid var lättad över att ingen från Grahams team togs från mig när jag inte ansvarade för projektet, men sa också till Tara att när jag väl hade ansvaret skulle jag ha älskat att ta med mig hela gänget från Sorrento.

* * * * *

Sommaren 2008

De största problemen som uppstod på grund av behovet att flytta personer från A-teamet för att hantera denna leverans resulterade i stora konflikter inom organisationen som helhet. Även när jag hade tagit över från Angelina och ansvarade för arbetet, minns jag ett möte där jag såg Mebratu rikta en ström av klagomål mot teamen som arbetade med det nya systemet. I slutet av det mötet hade han ensidigt bytt ut en senior teamledare och chefen för programkontoret och överfört det ansvaret till mig … som om jag behövde något mer att lägga till på min arbetsbelastning! För att bemanna leveransen av kundlösningen tog Mebratu också beslutet att flytta resurser från både CAIM-projekten och Revenue Assurance-projekten. Detta var inte populärt alls, och eftersom jag vid det laget hade ansvar för programkontoret, arbetade jag tillsammans med utvecklingsledarna inom några konsultföretag för att hitta resurser som kunde fylla personalbrister utan att orsaka för många förseningar i andra projekt. Jag måste erkänna att Vincenzo i det avseendet var mycket användbar genom att använda sina kontakter för att hitta personal, men han berättade själv för mig att han inte gillade företagets sätt att flytta folk från befintliga team eftersom det påverkade hur hans team arbetade.

Eftersom kundens lösning hade huvudkontrollen i faktureringssystemet, var det området som krävde flest ändringar. Efter en rad misslyckade leveranser från organisationen som utvecklade faktureringsteamet beslutade Mebratu att flytta chefen för R&D, som arbetade från ett underkontor i Turin, till Milano och låta honom ta rollen som utvecklingschef för faktureringsmodulen. Mot slutet av sommaren 2008 levererades de första produktanpassningarna från Milano. Mottagaren var klientorganisationen, som redan hade vuxit till att omfatta ett betydande antal personer. Jag skulle gissa att det vid den tiden fanns omkring tvåhundra personer involverade i projektet bara på klientens sida, och de förväntade sig att mjukvaran skulle fungera smidigt och landa på deras datorskärmar som genom magi.

Sedan lite mer än fyra månader in i projektet hade Mebratu haft veckovisa möten med huvudsponsorn på klientens sida, en belgare vid namn Ahrend. Jag deltog aldrig i dessa möten, förutom när Mebratu bad mig att ställa upp som hans ersättare. I slutet av våren 2008, troligen i mitten av maj om jag minns rätt, på grund av förseningar och utmaningar krävde Ahrend vid ett sådant möte, där jag deltog i stället för Mebratu, och där både Amaïa och Pietro också var närvarande på Ahrends begäran, att Mebratu regelbundet skulle vara tillgänglig i Milano, bara några kvarter från kundens huvudkontor.

Även om Mebratu regelbundet arbetade i Milano, tillbringade han faktiskt större delen av sin tid på ett underkontor vid Adriatiska kusten, mellan Venedig och Rimini. Jag förstod aldrig riktigt varför, men Mebratu hade verkligen en ambition att flytta till Milanoområdet, mer specifikt hade han siktet inställt på en underbar villa från 1800-talet nära Comosjön, varifrån han enkelt kunde pendla, men han behövde företagets standardbidrag för flyttkostnader för att övertyga sin fru om att de hade råd.

Så under press från Ahrend gick han med på att flytta till Milano för jobbet, fick sitt drömhus (kontraktet skrevs under i mitten av augusti 2008), och kunden, särskilt Ahrend, fick mycket lättare och mer regelbunden tillgång till honom. Officiellt sa Mebratu till alla att han genom att göra detta kunde fokusera på sammanslagningen av utvecklingssajterna samt skapa ett nytt innovationscentrum i utkanten av staden Busto Arsizio, ungefär sydväst om där han bodde och nordväst om Milano. Sanningen var att han tillbringade så mycket tid som behövdes i Milano för att hantera relationen med klientens ledningsgrupp.

På morgonen onsdagen den 10 september 2008 ringde Mebratu mig.

”Filippo, trevligt att prata med dig. Jag behöver din hjälp igen … för att vara rakt på sak, jag behöver verkligen din hjälp, tack”.

“Jag förstår att du har en tung arbetsbörda, men jag skulle vilja att du tar rollen som min ställföreträdare, vid behov, eftersom jag kommer att spendera mycket tid med det stora projektet. Angelina behöver min hjälp, och jag vet att jag inte har gett henne tillräckligt med stöd personligen”.

“Så vad du ber mig att göra”, svarade jag, “... är att driva den dagliga verksamheten, de veckovisa ledarskapsmötena och den månatliga affärsöversynen med högsta ledningen i företaget, utöver att sköta min egen avdelning”.

“Precis det, ja ...” sa Mebratu.

“Så varje vecka en flygresa till Milano över dagen, eller, om jag har tur, en dag med telefonkonferenser?” Mebratu grymtade ett “ja”. På ett ögonblick gick mitt ansvar från att leda en organisation med färre än trettio personer, samtidigt som jag övervakade en mycket välorganiserad och enkel logistikverksamhet, till att plötsligt ha ansvaret för att övervaka tolv utvecklingscenter runt om i världen med omkring tre tusen människor … och göra det på min fritid.

* * * * *

Måndag 15 september 2008, 14:20

Jag strosade över vägen på väg tillbaka till mitt kontor. Jag kunde inte riktigt förstå varför så många människor hade samlats runt de lokala TV-affärerna och stirrade på tv-skärmarna genom skyltfönstren.

Jag var några minuter sen enligt schemat, men, helt ärligt, hade jag börjat lunchen sent efter ett långt konferenssamtal – det första av de samtal som Mebratu hade bett mig att hantera. När det var över kände jag mig rejält tilltufsad. När jag kom in genom dörren till kontoret var det en ovanlig energi i luften – inte det vanliga surret från ett upptaget kontor, utan något annorlunda. Graham vände sig mot mig: "Filippo, du borde komma och se det här".

Jag trängde mig förbi ett par personer för att ställa mig bredvid honom. Jag visste aldrig hur, men Graham kunde visa en nyhetskanal från i princip vilken del av världen som helst på sin dator. Det var BBC News Channel i London. Lehman Brothers, USA:s fjärde största företag inom bank- och finansindustrin, hade gått i konkurs. Fyra veckor senare hölls det årliga mötet i Milano med ledningsgrupperna från både vårt företag och klienten – toppskiktet, och jag var ordförande, precis som Mebratu hade bett mig. Projektet hade, precis före det mötet – kanske bara tre eller fyra dagar innan – levererat långt under förväntningarna. Endast 10% av det utlovade innehållet i form av funktioner hade levererats. Kundens ledningsgrupp var rasande och krävde förändring. Enligt de ursprungliga planerna ville kunden lansera det fullständiga systemet följande år, 2009, men den enda chansen att göra detta skulle vara genom en rad framgångsrika leveranser. Jag ringde Mebratu och bad honom delta i mötet inom den första halvtimmen. Chefen för vår kundtjänstenhet samt Mebratu, i egenskap av projektets högsta ledning, lovade förändring. Fem veckor senare pratade Graham med mig en andra gång om Angelina. "Du vet att hon verkligen börjar knäckas, eller hur?" började han. Jag nickade. Jag visste, och företagets högsta ledning visste det också. "Men det skulle innebära ännu ett byte av projektledare", tänkte jag …

KAPITEL 10

HÅLL ANDAN!

Lördag 24 november 1979

Lorenzo anlände till skolan, som han alltid gjorde, så nära som möjligt det ringde in. Lördag var en halvdag för de äldre barnen. Han hade börjat högstadiet i september året innan och hade snabbt blivit måltavla för mobbning från en liten grupp pojkar som kom från en grundskola i ett av stadens fattigare områden, ungefär två mil från hans tidigare skola. Tydligen hade två av dem äldre bröder som redan hade arresterats för våld, stöld och narkotikahandel. Men i början av det här året hade de alla flyttat till en klass där deras lärare, fröken Bellema, en kvinna i fyrtioårsåldern, inte tolererade något som helst oacceptabelt beteende, särskilt inte mobbning. Inom en vecka hade hon fått ordning på bråkstakarna. Lorenzo kände att han kunde andas igen och kunde slappna av medan han var på skolans område, men inte på väg till eller från skolan morgon och eftermiddag. Han hade få vänner, och ärligt talat hade han nog bara två som kunde anses vara riktiga vänner, främst för att de alla hade samma problem med samma grupp elever. Fröken Bellema såg dock till att hålla ett vakande öga på dem som var mest utsatta, samtidigt som hon upprätthöll en mycket professionell nivå som lärare. Han kände sig trygg, skyddad, och kunde fokusera på att lära sig. Han sa det aldrig rakt ut, men han var oerhört tacksam för allt hon gjorde och hade gjort på bara tio veckor.

När han kom till klassrummet, precis när klockan ringde, märkte han att hans lärare saknades, och i hennes ställe förberedde rektorn sig för att ta närvaron. "Ta plats, pojkar och flickor, jag har något att berätta för er". Han lät inte som sitt vanliga entusiastiska jag, långt därifrån. Han lät snarare oroad, eller till och med rörd. Och när han började tala blev det mycket tydligt att han faktiskt var rörd.

"Jag är mycket ledsen att behöva berätta det här för er, pojkar och flickor, men jag har väldigt allvarliga nyheter att ge er. Ett telefonsamtal har gjorts till era föräldrar under den senaste timmen, för att informera dem om det jag nu ska säga. Nyheten jag måste berätta för er är att fröken Bellema var med om en mycket allvarlig trafikolycka igår kväll. Jag kommer inte gå in på detaljer, mer än att säga att det hände när hon var på väg hem från att ha besökt några vänner. Hon fördes till sjukhus, och under de tidiga morgontimmarna i morse gick hon bort medan kirurger försökte rädda henne. Jag har fått höra att det inte fanns något de kunde göra". Nu hördes flämtningar och snyftningar från de flesta barnen, men inte från Lorenzo. Han höll allt inom sig och stirrade rakt på rektorn. När rektorn slutade tala räckte Lorenzo upp handen. "Får jag gå ut, tack?" Och utan att vänta på svar rusade han ut ur rummet medan rektorn ropade efter honom: "Lorenzo, vänta, kom tillbaka ..." Men han var redan borta, nerför trapporna och ut i friska luften genom en dörr där flera föräldrar redan hade börjat anlända. Han hann ungefär tjugo meter ut på gräsmattan innan han kräktes, hulkade och nästan kvävdes. En av föräldrarna till ett annat barn gick fram för att trösta honom. Han sprang.

* * * * *

Mars 2008

Lorenzo tog över det övergripande projektledarskapet från Ginevra när hela projektet befann sig i ett tillstånd av kaos. Man kunde faktiskt inte skylla detta på honom, och inte heller på Ginevra, om vi ska vara ärliga.

Jag visste redan när han blev utsedd att Lorenzo var en extremt duktig projektledare. Under sin tid som ansvarig växte arbetsstyrkan i projektet exponentiellt och mycket snabbt genom att fler än 500 jobb kontrakterades till våra egna dotterbolag och olika specialiserade företag inom industrin. Han hade också den obestridliga förmågan att säkerställa att dessa underleverantörer endast hade kontakt med de andra underleverantörer som de behövde, med syftet att, där sekretess var avgörande, viktig information om projektets olika delar endast nådde de personer som verkligen behövde veta. Det var som en ledningshierarki som var en blandning av säkerhetstjänsten, maffian, frimurarna, militären och de medeltida katarerna.

Man kunde bara hoppas att person A, som arbetade i en del av projektet, inte skulle råka träffa person B, som arbetade i en annan men relaterad del, vid en slumpmässig träff på en bar eller ett gym, och att de inte skulle lägga ihop två och två och förstå att de arbetade med relaterade delar av ett enormt projekt.

Men Lorenzo hade ett problem – han behandlade de flesta kvinnliga medarbetare inom sitt ansvarsområde med förakt och, om jag ska vara ärlig, inte så mycket bättre de manliga medarbetarna heller. Han hade gått igenom tre äktenskap, tre skilsmässor (där han alltid blev anklagad för "orimligt beteende") och hade med nöd och näppe undgått åtal för misshandel av en av sina före detta fruar. Han betedde sig fortfarande som om han var chef för tortyrkammaren i ett medeltida fängelse. Jag undrade alltid hur han klarade sig undan.

Jag fick senare veta att Lorenzo hade varit en total ensamvarg i både grundskolan och på universitetet, förutom någon enstaka "vän" med liknande avvikande beteendemönster, och han hade ständigt blivit mobbad i skolan. Han talade kort om en lärare som hade skyddat honom något, men gav aldrig några detaljer. Ändå gick han ut skolan med fantastiska slutbetyg, gick direkt in på en universitetsutbildning i industriell företagsledning där han utmärkte sig och tog kandidatexamen med högsta betyg. Efter ett år som trainee inom managementkonsulting toppade han detta med en imponerande magisterexamen innan han började arbeta för ett av våra dotterbolag. När han kom till vårt centrala team som medlem i projektledningen hade han redan arbetat för fyra andra arbetsgivare, varav två av våra konkurrenter och två av våra dotterbolag. Han hade gång på gång visat sin skicklighet och hade med sig fantastiska referenser, även om det alltid fanns omnämnanden av hans attitydproblem.

Som jag sa lyckades han sedan skala upp de operativa utvecklingsteamen för detta projekt från femtio personer till över 500 på knappt fem månader. Problemet var att den finansiella krisen som låg och lurade i USA's "subprime"-marknad innebar att det fanns ett växande antal potentiella medarbetare världen över, vilket ibland resulterade i att personer anställdes som kanske inte borde ha varit med oss och som saknade de nödvändiga kompetenserna. Samtidigt var det uppenbart att de 500 fortfarande var cirka 500 personer för få för att möta projektets totala behov. Å andra sidan, om det inte hade varit en förestående finansiell kris, skulle tillgången på potentiellt ideala medarbetare ha varit mer begränsad, och företaget skulle ändå ha tvingats anställa personer med bristande kompetens. Det var verkligen en situation där man inte kunde vinna hur man än gjorde.

När problemen började bli tydligare mot slutet av 2007 ringde Mebratu mig oväntat en dag. "Filippo," började han, "hur är det med dig? Hoppas allt är bra ... och familjen också".

"Allt är mycket bra," svarade jag, och han övergick genast till vad han behövde. "Filippo, jag skulle vilja att du kommer in som tillfällig konsult på plats för kontraktet Lorenzo leder. Det blir inte mer än två, eller högst tre veckor. Du kommer ha tid att göra det nödvändigaste av ditt eget arbete på distans, och jag är säker på att Graham kan hålla ställningarna på avdelningen, medan de olika stödfunktionerna du har där är kända för att kunna sköta sig själva utan att du behöver hålla dem under uppsikt".

Jag hade egentligen inget negativt svar att ge, det var en del av mitt avtalade uppdrag, och åtminstone nämnde Mebratu inget om att jag skulle ta över. Följande måndag tog jag morgonflyget till Milano, och den morgonen besökte vi utvecklingsenheten i utkanten av staden för en övergripande produktgenomgång. Även om jag var baserad i Sorrento och ledde det minsta, men mycket specialiserade, mjukvaruutvecklingsteamet inom företaget, sträckte sig mitt övergripande ansvarsområde och ledningsansvar över hela företagets organisation. Det inkluderade allt från logistik till fordonsflotta, städning och fastighetsunderhåll. Ett team på färre än fyrtio anställda i Sorrento styrde en arbetsstyrka på över 8 000 personer på fyrtiosex av våra platser och regelbundna underleverantörer i arton länder. Och det var av den anledningen som Mebratu och Amaïa då och då bad mig ta på mig uppdrag som större projektgranskningar, som den här. Under granskningen blev det snabbt uppenbart att det inte skulle vara möjligt för oss att utveckla de kritiska funktionerna i systemets finansiella hantering för att möta kundens önskade tidsplaner. Dessutom pågick det ett omfattande "blame game", där varje underavdelning som ansvarade för utveckling misslyckades med att fullt ut leverera vad som avtalats med kunden, samtidigt som alla skyllde på alla för de problem som deras egna misslyckanden orsakade för de andra teamen. På ett sätt kunde jag förstå deras poäng, delvis för att det fanns flera brister i hårdvaran som påverkade mjukvaruutvecklingen. Men i stället för att acceptera att dessa systemelement behövde förberedas för att hårdvaran skulle bli tillgänglig, samtidigt som de höll sig till tidsplanen för arbete där hårdvaran redan fanns, misslyckades flera av utvecklingsteamen med sina schemalagda uppgifter. Konsekvensen blev att praktiskt taget varje team halkade efter mer eller mindre. Efter att jag hade slutfört granskningen, som tog cirka åtta arbetsdagar, träffades Mebratu, Lorenzo och jag på hans kontor. Min uppgift var inte att kritisera Lorenzo som sådan, utan att ge råd om hur vi kunde göra saker och ting bättre. Trots allt hade Lorenzo åstadkommit mirakel med personalstyrkan och han gjorde, för att vara rättvis, ett jobb som låg över den ursprungliga arbetsbeskrivningen. Det var de längre ner i kedjan som svek honom, och han var lika frustrerad som högsta ledningen.

"Så, Filippo", började Mebratu, "hur känner du, över lag, inför vad vi har gått igenom, och vad är dina huvudsakliga orosmoln?" Mitt svar var professionellt men kärvt. "Jag tror faktiskt inte att vi kan utveckla och leverera den finansiella modulen för att möta kundens tidsplaner ... och det med en betydande marginal, även om det långt ifrån är min enda oro". Lorenzo tittade på mig. En del av hans blick sa "jag vet", medan en annan del sa "du kunde ha varit lite snällare". Men han accepterade det jag hade sagt utan att ifrågasätta. Mötet var anmärkningsvärt kort, troligtvis för att jag på det hela taget sa det som Mebratu och Lorenzo redan visste. Men min fullständiga rapport gick in på mycket mer detaljer och omfattade nästan hundra sidor A4or och skickades ut till många relevanta personer. Mebratu talade sedan med flera andra högre chefer som fick min rapport under en period av ungefär två dagar, inklusive Amaïa och Pietro, samt produktchefen för affärsstöd och chefen för kundtjänstutveckling hos klienten. Graham fick också en kopia, och jag bad honom om hans synpunkter privat. Det var ganska uppenbart för mig, redan innan Mebratu agerade, att de alla skulle komma till samma slutsats, nämligen att ett annat tillvägagångssätt behövdes och att vi inte kunde förlita oss på den finansiella modulen som nyckellösning.

Även om Giorgio hade sålt systemet till kunden och Lorenzo var projektledaren, var det Mebratu som bar det slutliga ansvaret för produktutvecklingen inom bolaget. Han behövde en plan B – och snabbt. Han tillsatte en liten, högkvalificerad arbetsgrupp, inklusive Graham, min främsta tekniska expert. Gruppen designade snabbt, och med det menar jag på färre än sex arbetsdagar, en lösning: att bygga vidare på befintlig arkitektur i stället för att vänta på en ny mjukvarustruktur och ny hårdvara. Genom att utveckla ett antal produktanpassningar kunde man uppfylla kundens specifika krav. Jag var inte tillgänglig för att delta i arbetsgruppen, eftersom jag hade en veckas semester planerad. I efterhand var detta, med tanke på att den nya hårdvaran inte ens var i närheten av att vara redo, det bästa alternativet. Men även att utveckla lösningen baserat på befintlig arkitektur verkade det fyllt av risker. När man utvecklar mjukvaruprodukter finns det vanligtvis tre kategorier av funktioner som alla måste kombineras för att göra lösningen fungerande enligt kundens krav:

1. **Konfigurering och justering av parametrar:** En uppsättning tröskelvärden och andra parametrar måste anpassas för att möta de aktuella behoven. En typisk konfigurering är moms som kan variera enormt beroende på i vilken kommun man befinner sig i.
2. **Anpassad utveckling och kodändringar:** Anpassning för att skapa lösningar som uppfyller specifika krav unika för kundens marknad, eller för att möta kundens annorlunda affärsmodell jämfört med resten av marknaden. Det kan handla om hur man anpassar systemet att klara av datumformat såsom i vilken ordning datum läses. I de flesta delar av världen skriver man år, månad och dag när man skriver datum men i USA skriver man månad, dag och år.
3. **Funktioner från produktens roadmap:** Dessa levereras av utvecklingsorganisationen, i detta fall mitt företag, där

> produktchefen prioriterar och justerar funktionerna i produkten beroende på marknadens krav. Produktchefen prioriterar baserat på att ha tillräckligt mycket funktionalitet for att kunna nå så många kunder som möjligt.

Den person som fick övergripande ansvar för denna roll var Angelina, en redan erfaren senior chef som hade varit hos företaget i flera år och framgångsrikt styrt ett antal mindre projekt i hamn. En fördel med att placera Angelina där var att hon kunde hantera Lorenzos attitydproblem utan att det påverkade henne. Den kundanpassade lösningen som skulle utvecklas bestod av en kombination av fakturering, katalog- och orderhanteringslösningar, hanterade av en av våra större dotterbolag, samt ett integrationssystem för webbuppkoppling av ett annat. Det låter kanske enkelt, men det kräver att de olika parterna pratar med varandra konstruktivt för att få det rätt. Hmm! Vi får se hur det går.

Utöver allt detta hade kunden anlitat vårt företag för att tillhandahålla CRM-lösningen till kundservice baserat på SAP. Detta var ganska annorlunda jämfört med kundens befintliga CRM-system. Beslutet att använda SAP baserades på att kunden redan hade ett nödvändiga licenser ett och fungerande SAP-system på plats för finansavdelningen. SAP, som står för Systems Applications and Products in Data Processing, hade funnits sedan det utvecklades 1972 av fem tidigare IBM-anställda och var ett stabilt och välkänt paket som möjliggjorde relativt enkel databehandling. Användningen av något så etablerat som SAP borde garantera framgång, eller hur? Hmm, kanske!

Trots att vi hade licensen for att skriva kod och utveckla SAP saknade vi själva specifik expertis inom området, vilket kan komma som en överraskning med tanke på att det funnits i över trettio år. Ett av våra dotterbolag, som vi köpt några år tidigare och som hade omfattande kunskaper om programvaran, kontrakterades för den här delen av utvecklingen. Den totala lösningen som vi utvecklade skulle integreras med ett system som unikt utvecklades för vår klient av en av våra specialiserade underleverantörer som ett separat projekt. Detta system utvecklades främst med hjälp av programmeringsspråket C#, ibland kallat "C Sharp". C# är ett programmeringsspråk utvecklat av Microsoft, som fram till 2014, långt efter att vårt projekt avslutats, endast fanns tillgängligt genom licens och kostade företaget mycket pengar. Efter 2014 blev det tillgängligt utan licensavgift.

Klienten gjorde dock saker och ting svårare för oss genom att i stället för att anställa ett mindre team av specialister, använda en armé av externa konsulter från olika företag för att hantera de dagliga programaktiviteterna. Problemet var att majoriteten av dessa externa konsulter hade mycket begränsad erfarenhet och kunskap inom de mest grundläggande och nödvändiga områdena i vårt arbete. Med tanke på att detta var mycket specialiserat arbete, var resultatet av detta, kort sagt, rena vansinnet. Kunden gjorde i praktiken vårt jobb svårare än det borde ha varit.

Vår uppgift var att möjliggöra den perfekta digitala kundupplevelsen så att klientens potentiella slutkunder, oavsett om det var privatpersoner eller företag av vilken storlek som helst, kunde genomföra en helt automatiserad online-registrering och hantera sina personliga detaljer och sitt konto online. Designen var inriktad på klientens kunder i alla storlekar, och klienten själv skulle kunna lägga till fler produkter och tjänster inom några minuter i stället för att det skulle ta veckor.

I princip borde det ha varit enkelt, men i praktiken ... ja, det är en helt annan historia.

När projektet satte i gång var vår klient nummer tre på marknaden och deras ambition var att detta system skulle göra dem till minst nummer två. Men vid den tidpunkten gjorde Lorenzo ett uppenbart misstag i sitt ledarskap. För att påminna: vi hade valt att använda befintliga hårdvarukomponenter för att komma i gång med projektet medan ny teknologi utvecklades, tillsammans med en något föråldrad mjukvaruplattform att bygga den nya mjukvaran på. I teorin borde detta ha fungerat och gett oss andrum.

Men det valet visade sig vara katastrofalt, eftersom Lorenzo som en del av detta alternativ utnämnde en ny chefsarkitekt för mjukvara, en person som mest hade erfarenhet från postpaid-sidan av industrin. Han kallades Erdi (jag fick aldrig veta hans riktiga namn), en vän och tidigare kollega till Vincenzo. På ett ögonblick beslutade Erdi att använda postpaid-processen som huvudmetod, i stället för den process som faktiskt krävdes. Detta var något som kunden aldrig hade specificerat och inte förväntade sig.

På grund av denna missbedömning av en person, utsedd av en chef som borde ha gjort det helt klart att postpaid inte var ett alternativ ... men inte gjorde det ... blev det senare omöjligt att utveckla och leverera kundens lösning som en del av standardprodukten. Följden blev att mycket arbetstid gick till spillo på att utveckla mjukvara som endast passade kundens krav och inte fungerade for andra kunder.

När problemen kulminerade i februari 2008 hade slöseriet med arbetstid och resurser blivit katastrofalt. Lorenzo hade gång på gång misslyckats med att ta tag i problemet och sätta Erdi på plats, något han aldrig borde ha låtit ske. Han hade till och med dolt problemen när de blev uppenbara och låtit Erdi fortsätta på sin väg, trots att han mycket väl visste att det skapade stora problem.

Mebratu kallade in Lorenzo till vad han trodde var ett rutinmöte. Amaïa och Pietro var närvarande, och för Lorenzo var det uppenbart att hans tid som projektledare var över. Jag var inte med på det mötet, men kort därefter kom Mebratu tillbaka till mig för att få förtydliganden om vissa punkter i min senaste rapport. Vårt samtal om min rapport var ganska tråkigt och inkluderade egentligen inget som han och jag inte redan visste. Men i slutet av samtalet kom det en lång paus ...

”Förresten, Filippo, vi har tagit bort Lorenzo från projektledningen ...” Han stannade upp och väntade flera sekunder på min reaktion. Jag tror att han väntade på att jag skulle säga något i stil med, "Tja, om du vill att jag tar över, så låt oss prata om detaljerna", ... men jag sa ingenting, och det blev en lång, tryckande tystnad.

Efter vad som kändes som en evighet sa Mebratu: "Har du någon i åtanke som kan ta över?" Vänta lite, det är inte mitt jobb ... det är ditt, tänkte jag. Om du har sparkat någon, lite som i ett avsnitt av The Apprentice, borde du rimligtvis redan ha någon annan i åtanke. Och om du undrar: "Nej tack!"

"Det är synd att du inte kan föreslå några namn, Filippo ..." Lyssna på tystnaden, Mebratu. Jag är inte intresserad! Fattar du, tänkte jag. "Vi har ett par namn i åtanke. Vi får se vad som fungerar". Jag måste ha hållit andan i över trettio sekunder. Jag släppte ut den, och Mebratu måste ha hört det genom telefonlinjen. "Mår du bra, Filippo?" frågade han. "Ja, tack för att du frågar. Lycka till med din sökning".

Under två veckor tog Mebratu ensam över projektledningen. Sedan kom nyheten som gav mig lugnet jag hade sökt när jag lyssnade på Mebratu på telefon två veckor tidigare. Han utsåg Angelina, kvinnan som hade tagits in för att hantera en del av projektet under Lorenzo. Även om det var lite av en överraskning för många, var det för mig inte helt oväntat. Angelina hade varit en av Lorenzos ledande teammedlemmar, även om hon inte var en av hans två biträdande projektchefer, Tara och Bernardo. Hon hade haft övergripande ansvar för flera mindre projekt sedan hon började några år tidigare, alla framgångsrikt avslutade med knappt några problem alls. Men detta var för henne ett monumentalt kliv uppåt, nästan som att gå från att träna ett amatörfotbollslag till att plötsligt leda ett topplag i La Liga. Men i rättvisans namn anpassade sig Angelina nästan omedelbart till rollen och ringde till och med för att tacka mig, även om jag inte är helt säker på för vad. Så här i efterhand antar jag att hennes tack var relaterat till min utvärderingsrapport, och jag hoppades bara att jag hade fått rätt.

KAPITEL 11

FRÅN GULD TILL ROST

1 oktober 1938 – Rom, Italien

Alice kom ut från provrummen i Guccis [29] nya lokaler i Rom och möttes av den höstliga solen. Några meter bort satt Fabrizio på en låg mur nära en fontän. Fabrizio, som hade varit en 18-årig assistent inom modedesign när de först möttes 1925, hade följt Alice genom modevärldens uppgång och fall. Alice hade då börjat som modell i London vid 16 års ålder, upptäckt på ett öppet hus evenemang vid sin klosterskola i en liten by nära Worthing, vid Engelska kanalens kust.

Bara ett år tidigare hade Alice varit en spinkig och osäker tonåring med akne. Hennes största prestation i offentligheten var en stel balettdans i Connaught Hall [30] inför en publik av skolkamrater och deras föräldrar. Men vid 16 års ålder hade hon blommat ut, slank och med de perfekta proportionerna för att göra karriär i modevärlden. Hennes mor, som själv hade gjort lite arbete som provrumsmodell under den edvardianska perioden, uppmuntrade henne att kliva in i rampljuset.

Under sina första två år som modell arbetade Alice för Chanel [31] (inklusive den berömda lilla svarta klänningen), Schiaparelli[32] och Poiret[33], för att inte nämna Lanvins[34] Charlestonneklänningar. Hon hade dansat Charleston och Black-bottom tills småtimmarna och ofta gått hem i gryningen på Fabrizios arm. Den långe italienaren med sina mörka, karismatiska drag och perfekta haklinje hade också funnit sin plats i modevärlden, även om han föredrog att arbeta bakom kulisserna. Nu, 1938, var deras offentliga karriärer på väg att ta slut, då modebranschen styrdes av åldersfördomar som de inte kunde påverka. Fabrizio satt och läste tidningen när Alice lutade sig över hans axel för att se bilder av Hitler och Chamberlain vid Münchenkonferensen. Rubrikerna handlade om Münchenavtalet[35], och i Italien hyllades det som en stor dag för Europa. Fabrizio böjde sig fram och viskade i Alices öra: "Säg ingenting. Vi behöver prata", och lade ett finger över sina läppar för att signalera tystnad. På franska, ett av deras tre gemensamma språk, tillade han: "Vi är övervakade. Titta inte bort från mig".

Alice bytte till engelska och sa: "Jag har något att berätta". Fabrizio gav henne en frågande blick. "Du ska bli pappa ..." Fabrizio blev förbluffad. De hade varit så försiktiga. Men Alice hade haft en plan i flera år. När Mussolini kom till makten mer än ett decennium tidigare, medan de arbetade i Paris, hade hon sagt till honom att hon en dag skulle gifta sig med honom för att skydda honom. Fabrizio hade alltid sagt nej. De reste sig, kramades, och när de gick bort från sina observatörer viskade Alice i hans öra: "London ... vi är där om tre dagar, och vi ska ordna en speciallicens. Du behöver ett brittiskt pass".

Personer i modebranschen reste alltid med stora trunkar, fullpackade klädställningar och alla möjliga kläder de kunde behöva under sitt arbete. Denna gång hade de bokat hytter för en färjeresa från Civitavecchias [36] hamn, en hamn som grundades under romartiden och befästes på 1300-talet. De skulle gå ombord klockan 20.00 lokal tid och njuta av middag i förstaklassloungen.

Alice och Fabrizio gick tillbaka till sitt hotell, ibland tittande över axeln. De tog sina nycklar från receptionen och gick hand i hand till hissen. När dörrarna precis stängdes såg de en man som försökte ta sig in i hissen men misslyckades med några sekunder. När de började färden uppåt vände sig Fabrizio till Alice och sa: "Det var han".

"Jag vet", svarade hon allvarligt med ett blekt ansikte. Flera yngre medlemmar i modehusets team packade redan ihop allt i väskor och trunkar när de nådde Alices rum. Benedetta da Luca, Alices assistent under de senaste fyra åren, öppnade dörren, släppte in dem och tog dem till ett tyst hörn i rummet bredvid. "Vi har varit övervakade i flera timmar. Vet ni varför?"

Fabrizio nickade. "Det är mig de är ute efter. För dem är jag ett problem. Det är politiskt". Han förklarade kort sitt samröre med oppositionsledare i exil, och Alice kunde knappt ta in vad hon hörde.

"Så varför valde du att komma till Rom om du visste om risken?" frågade hon, nästan i panik. "Jag kom för att jag var tvungen. Jag behövde leverera något till oppositionen här ..." Hans röst tonade bort när det knackade på dörren. Rummet föll i tystnad. Benedetta viskade: "Vi måste få ut dig nu". Hon vände sig till en lång, yngre man som bar modehusets personaluniform i rummets hörn. "Byt kläder med Fabrizio ..." Och när båda tvekade väste hon: "... Nu! Och du ..." syftandes på assistenten, "... in i badrummet med tidningen, byxorna ner vid toaletten".

Benedetta gick till dörren och ropade: "Vi har två unga damer som byter om. Ni måste vänta". Det knackade igen, denna gång mer ihärdigt. Hon vände sig till Alice och en annan tjej: "Av med underkläderna nu och ta en morgonrock eller åtminstone en badhandduk". Alice kunde byta om på mindre än trettio sekunder. Hon hade gjort det otaliga gånger förut. Att kliva ur kläderna och svepa om sig en badhandduk tog henne knappt åtta sekunder denna gång. Den andra tjejen var tätt efter.

Benedetta organiserade allt på bara några ögonblick, och när hon öppnade dörren började den nu uniformerade Fabrizio och fem andra manövrera två klädställningar och tre stora koffertar på en bagagevagn ut ur rummet. Samtidigt höll Benedetta de två männen vid dörren upptagna med småprat, med hjälp av Alice som medvetet, men kortvarigt, lät sin handduk glida ner för att avslöja sin nästan nakna kropp bara några meter från männen. "Mina herrar, varsågoda att komma in. Jag ber om ursäkt för det där. Vi har en båt att hinna med. Hur kan jag hjälpa er?"

Männen trängde sig förbi henne in i sviten och började snabbt gå från rum till rum. Alice stängde dörren och låste kedjan, lutade sin rygg mot dörren och sina höfter mot dörrhandtaget, samtidigt som hon nonchalant filade sina naglar med en nagelfil. Hon gjorde ingen ansträngning att dölja sin kropp när hon lät handduken glida ännu längre ner. De två männen återvände till hallen, och den äldre av dem grep tag i Benedettas arm. "Var är han?" väste han i hennes ansikte. Benedetta stod trotsigt: "Jag svarar inte på våld," och slet sig loss. Mannen gick närmare och talade långsamt och mycket bestämt: "Var är Fabrizio Delmondo?"

Alice lät handduken falla och medan hon snabbt lutade sig ner för att plocka upp den sa hon med sin mest förnäma engelska röst: "Åh, dumma mig, eller är det dumma ni. Fabrizio gick ner för trapporna och ut genom bakdörren. Gå nu, eller så ringer jag min farbror ... som råkar vara den brittiske ambassadören". Med det vände hon sig om, tog bort kedjan, öppnade dörren och lät handduken helt falla till golvet. Med sin kropp dold bakom dörren som hon höll öppen för männen att gå ut genom, tillade hon: "Ni ser ... det är dumma mig! Jag har aldrig kunnat hålla en handduk på plats. Hejdå". Och hon blåste en kyss till den yngre mannen när han lämnade rummet.

Alice såg på dem medan de sprang mot trapporna och hissen. "Hejdå, sötisar," ropade hon efter dem. Alice vände sig tillbaka in i rummet, stängde dörren bakom sig, låste den och, andfådd, höll sitt huvud i händerna medan hon fortfarande försökte höra om männen tog hissen eller trapporna. Hon mötte Benedettas blick, och de båda andades djupt för att återfå sin fattning. Benedetta talade först: "Vart har han gått?" Alice svarade: "Jag tänker inte säga det, men jag vet. Jag har en dräkt och en mörk peruk i min andra väska. Det tar mig två minuter. Jag tar med mig necessären. Om vi missar båten, oroa dig inte. Vi ses i London". Två timmar senare hittade Alice Fabrizio precis där hon hade förväntat sig, sittandes på en mur och tittandes ut över havet några hundra meter från Cantieri di Ostia, den lilla hamnen vid Tiberflodens mynning. Han vände sig om: "Vad du dröjde!" Och han log. Han retades bara. "Förresten, jag gillar klädseln. Väldigt annorlunda. Hur tog du dig hit?"

"Jag gick i tjugo minuter och tog sedan tre taxibilar, bytte riktning varje gång. Jag gick de sista två milen. Jag ringde också ett samtal. Det kommer en bil hit om några minuter".

... och, mycket riktigt, kom en bil ... en enkel, ganska anonym svart bil med en liten Union Jack-flagga som fladdrade på motorhuvens främre ände. Den stannade en kort bit bort, och Alice och Fabrizio gick fram till mannen som steg ur passagerarsätet. Alice talade kort med honom och vände sig sedan mot Fabrizio. "Jag måste gå", sa Alice. "Vi ses senare". Och med det kysste hon honom på kinden, vände sig om, plockade upp sin lätta väska och gick i väg.

"Vänligen stig in i bilen, Mr Delmondo. Vi har väldigt lite tid". Tonen var insisterande, med en skarp engelsk offentlig skolaccent, kanske Eton eller Harrow. Fabrizio tvekade inte. Föraren sade aldrig ett ord under resan medan den andre mannen instruerade Fabrizio.

De följande två timmarna var som en virvelvind. Inom femton minuter hade bilen passerat genom elektriskt styrda grindar till en diskret villa och stannade utom synhåll från vägen. Vid det laget visste Fabrizio exakt vad som skulle hända. Inom ytterligare femtio minuter hade två skickliga makeupartister förvandlat Fabrizio från en trettio-någonting italiensk man till en äldre herre. Små detaljer som en lätt hängig hållning och konstgjorda vårtor på händerna fullbordade förklädnaden. Under hela processen iakttog en välklädd, något korpulent man i sextioårsåldern varje detalj utan att säga ett ord. Medan förvandlingen ägde rum blev Fabrizio informerad om sin nya identitet och bakgrundshistoria av en vältalig kvinna i trettioårsåldern som växlade mellan engelska, franska och italienska. Hon ställde honom ständiga frågor för att förankra hans nya historia i minnet. När hans utseende hade förändrats bortom igenkänning kom en satt man i medelåldern, med ett världstrött uttryck, in i rummet med ett kanadensiskt pass som visade Fabrizio som Jérome, en pensionerad skräddare, född i en liten stad ungefär två timmar från Québec, med födelseåret 1866. Signaturen i passet var den han ombetts att skapa tjugo gånger vid ankomsten.

Fabrizios talade och skrivna franska var nästintill modersmålsnivå efter att ha varit baserad i Paris mellan 1932 och 1936. Där arbetade han för ett fransk-kanadensiskt företag, vilket gjorde att han hade tillägnat sig deras idiom och syntaktiska skillnader i jämförelse med parisarnas. Det italienska modeproffset från tidigare samma dag var nu redo i sin nya skepnad. Kvinnan, som visade sig vara kanadensisk och medlem av den diplomatiska personalen vid ambassaden, skulle agera hans dotter vid ombordstigningen på fartyget. Fabrizio Delmondo hade nu blivit Jérome Dupont, känd som Jay bland sina engelskspråkiga kanadensiska vänner. En snabb kontroll av kläderna i en medföljande portfölj genomfördes, och en assistent tog upp den och ledde paret samt den satta äldre mannen ut i solljuset. Där väntade nu en mer prålig kanadensisk diplomatbil, denna gång med den lilla rödvita lönnbladsflaggan monterad ovanför kylargrillen. Bildörrarna stod redan öppna. De satte sig i sina säten, och den satta mannen kom fram och talade till Fabrizio för första och enda gången. "Nästa gång jag får ett samtal från min systerdotter hoppas jag att vi alla är tillbaka i England", sade han med ett leende innan han bestämt stängde bildörren och steg tillbaka.

Bara fem veckor senare var han där, när Fabrizio och Alice blev herr och fru Delmondo. Alice bar, som sig bör, en fantastisk haute couture-bröllopsklänning som noggrant designats för att dölja att hon var nästan fem månader gravid. Och fem månader senare, med bebisen Antonio, född den 19 april 1939, nu fem veckor gammal, beviljades Fabrizio fullt brittiskt medborgarskap. Ett andra barn, Benedetta, uppkallad efter Alice assistent, föddes arton månader senare. Familjen flyttade snart till New York, där de 1943 bjöds in av en senior medlem av Eleanor Lamberts stab att delta i den allra första "New York Press Week", som idag är känd som "New York Fashion Week[37]".

Det blev dock början till slutet för deras äktenskap, då båda var otrogna mot varandra och levde åtskilda långt innan andra världskriget tog slut. De återvände båda till Storbritannien 1945 och skilde sig 1947 på grund av Fabrizios otrohet, även om de båda i ärlighetens namn var lika skyldiga. Fabrizio ansökte om italienskt medborgarskap på nytt och arbetade i Milanos modescen, där han förenades med dottern Benedetta. Hon blev modefotomodell och fick plats hos en stor agentur i Milano 1960 vid 19 års ålder, och gifte sig 1968 med en förmögen italiensk affärsman. Deras enda barn, en dotter vid namn Ginevra, föddes 1969.

Efter att ha tagit en kandidatexamen och en magisterexamen vid ett universitet i Rom, innan hon blev mamma, blev Ginevra en framgångsrik affärschef inom sin makes företagsimperium. Hon var känd för att lugnt få jobbet gjort även när andra runt omkring henne visade tecken på frustration och panik – kanske ett drag hon ärvt från Alice och hennes lugn i mötet med de italienska fascisterna alla dessa år tidigare. Jag upptäckte detta lugn själv under den första intervjun med Ginevra i samband med att hon anslöt sig till företaget.

* * * * *

Ginevra's hantering av de inledande faserna av projektet var, som man kunde förvänta sig, absolut felfri i det hon själv gjorde. Men hon hade ett stort problem att lösa, nämligen behovet av arbetskraft i förhållande till vad som fanns tillgängligt inom företaget, precis det som Graham, min huvudprogrammerare, framhöll i en kortfattad bedömning om hur man skulle hantera det initiala och växande behovet av arbetskraft. Så medan Ginevra tog in cirka trettioåtta personer som var redo vid starten av projektet, huvudsakligen för att utbilda alla andra som behövdes för utvecklingen, var det långt ifrån de femtio personer som egentligen borde ha funnits på plats från dag ett. Vincenzo ställde omedelbart hela sitt team på åtta personer till förfogande, men med det klara förbehållet att de kunde bli kallade till andra uppdrag vid behov. Han säkrade också omedelbart fem underleverantörer som regelbundet arbetade för hans dotterbolag men föredrog att vara frilansare, främst på grund av skattemässiga fördelar.

De andra tjugofem personerna bestod av arton personer som kunde ansluta från andra projekt som nyligen avslutats inom företaget, samt sju som hon lyckades rekrytera omedelbart. Men det skapade genast problem, och Graham hade helt rätt när han sa att det skulle krävas femtio personer direkt. Ginevra låg från start ungefär 450 arbetstimmar per vecka kort. Och efterfrågan på duktiga programmerare världen över var vid den tiden mycket hög, vilket innebar att de som var värda att anställa krävde betydande löner för att lämna sina nuvarande, ofta trygga jobb. På bara två månader, utan ytterligare rekrytering, skulle projektet ligga cirka 4 000 arbetstimmar efter schema endast på programmeringssidan.

Sedan fanns hårdvarukraven att hantera. Dessa krävde visserligen mindre personal, men dessa personer behövde vara verkliga specialister. Från företaget lyckades Ginevra säkra fyra personer och rekryterade ytterligare tre, men det saknades fortfarande tre för att nå målet. Hon fick tillsätta dessa genom att kontraktera tre personer från olika byråer på frilansbasis, med den sista av dessa som började arbeta bara en vecka före det första stora projektledningsmötet. Det innebar ytterligare 800 förlorade arbetstimmar på två månader, och detta innan man räknade in de extra personer som krävdes för att hantera de administrativa och juridiska aspekterna. Åtminstone i dessa två områden lyckades Ginevra hitta tillräckligt med personal från företagets befintliga arbetsstyrka, främst eftersom dessa arbetsuppgifter kunde utföras inom ramen för deras nuvarande roller. Dock delades de tio hårdvaruspecialisterna upp i två distinkta team, och det blev snabbt klart att deras respektive teamledare båda ansåg sig vara bäst lämpade att leda hela hårdvarudelen.

För att öka bemanningen inom mjukvaruutveckling var Ginevra tvungen att vända sig till sju olika byråer. Men i processen blev det snabbt uppenbart att det fanns flera "divor" bland de personer hon rekryterade. När projektets ledningsgrupper träffades på huvudkontoret bara åtta veckor in i projektet, stod det klart att saker redan låg efter i tidsschemat. Mebratu och Amaïa var tydligt missnöjda, även om kritiken inte riktades mot Ginevra som hade gjort sitt bästa under omständigheterna, utan snarare mot dessa "divor", som de två hårdvarucheferna och fyra eller fem andra självupphöjda individer som betraktade sig själva som Guds gåva till datorindustrin. Utöver detta hade jag redan två gånger fått förfrågningar om att släppa Graham och en annan mjukvaruspecialist, men vår egen arbetsbelastning tillät helt enkelt inte det vid det tillfället. Och de rapporter som nådde mig från det inledande mötet, via en av Ginevra's teamledare som råkade vara en av Grahams vänner, var minst sagt nedslående.

Det största problemet visade sig, föga förvånande, vara på hårdvarusidan, där de två teamledarna var fast beslutna att deras del av utvecklingen skulle "styra" över den andra, så att säga, och ingen av dem var villig att ge sig. Vid den tidpunkten hade personalstyrkan ökat till strax över 600, främst involverade i hårdvara och det initiala programmeringsarbetet som både befintlig och ny hårdvara krävde. Den första verbala konfrontationen var på väg att ske! Å andra sidan, när det kom krav från högsta ledningen på att den ena ... eller den andra ... skulle bära fullt ansvar för att saker inte gick enligt plan, var ingen av ledarna villig att ta ansvar.

Mötet pågick i nio timmar, från strax efter lunch till strax före midnatt. Otroligt nog, vid mötets slut kom alla, kanske motvilligt i vissa fall, överens om en väg framåt. Det beslutades att det underordnade teamet som hanterade faktureringsdelen av hela systemet skulle ses som ”master”, främst för att det var den mest utvecklade delen av mjukvarupusslet, och det var logiskt att bygga allt annat kring den.

Det tog flera månader innan Ginevra klev av, inte av någon annan anledning än att hennes roll vid lanseringen hade avslutats, hon hade ett nytt projekt att påbörja, och Lorenzo var redan redo att ta över. Men medan han kunde kontrollera det enorma antalet team och individer som utgjorde hela projektet, kunde han inte dämpa det ständiga bråket eller de gradvisa förseningarna i schemat, vilket till stor del berodde på det antal anställda som projektet fortfarande saknade.

* * * * *

Torsdag 21 juni 2007

Den kvällen, efter det stora mötet, satt jag hemma och fick en sällsynt chans att se hela nyhetssändningen. Vädret på midsommarafton hade varit varmare än genomsnittet, med en tryckande temperatur på 32 grader och endast sjunkande till mer behagliga 27 grader vid 20.00. Tack och lov för luftkonditionering. Serenas far var på besök, och ungefär halvvägs in i nyheterna fokuserade de intensivt på ett ganska kort men mycket insiktsfullt inslag.

Det var första gången namnen Fannie Mae och Freddie Mac [38] verkligen uppfattades av mig, eftersom jag, för att vara ärlig, var betydligt mer intresserad av sport- och nöjesnyheter. Serena var likadan och tittade sällan på ekonomirelaterade nyheter. Min svärfar, däremot, var en pensionerad investmentbankman, nu i åttioårsåldern men fortfarande med ett skarpt öga för allt som rörde ekonomi. Han hade lärt Serena en mycket smart nivå av investeringsskicklighet. Det var, bland annat, anledningen till att vi bodde i vårt ganska charmiga hus i Sorrento, nu med cirka 80 % eget kapital, även om jag inte hade tyckt särskilt mycket om huset när vi först såg det. Serena, däremot, hade direkt insett att det var något undervärderat när vi köpte det, och de senaste åren hade utvecklingen varit mycket gynnsam för oss. Serena var yngst av fem barn, och hennes far hade redan passerat fyrtio när hon föddes. Jag träffade henne i hennes tidiga tjugoårsålder, vid en tidpunkt då han redan närmade sig sjuttio. Han var fjärde generationens bankir, och det han inte visste om den finansiella världen kunde man förmodligen skriva på baksidan av ett mycket litet frimärke.

Detta specifika nyhetsinslag handlade om misskötseln av den så kallade "subprime"-hypotekslånemarknaden, särskilt av de två amerikanska företagen, med smeknamnen Fannie Mae och Freddie Mac. I grund och botten är en "subprime"-hypotekslån ett som normalt erbjuds låntagare med lägre kreditvärdighet än vad som krävs för ett "prime" eller konventionellt lån, i praktiken eftersom långivaren ser låntagaren som en större risk för att inte kunna betala tillbaka lånet. Problemet var att Fannie Mae och Freddie Mac hade spelat ett för högt riskspel och utsatt sig själva, och de institutioner som stod för de finansiella strukturerna inom vilka de arbetade, för överdriven risk. Med mängden kapital som garanterades av stora finansiella institutioner var det, rimligen, bara en tidsfråga innan en av dessa stora långivare hamnade i allvarliga problem.

Långivare brukar ta ut högre ränta på "subprime"-lån jämfört med ett konventionellt lån för att kompensera för den högre risken om låntagaren missar betalningarna. Dessa lån är ofta sådana där räntorna kan justeras mycket enklare, vilket innebär att räntan plötsligt kan höjas vid specifika tidpunkter under lånets löptid. Ironiskt nog finns båda företagen fortfarande kvar idag, efter att ha räddats av sin regering när situationen blev riktigt illa, även om min svärfars kommentar till de senaste händelserna var obetalbar. "Det är inte alltid de affärer som ser bäst ut som är de bästa", sa han och tittade rakt på mig. "Kom ihåg mina ord, ett eller två stora namn kommer att falla på grund av detta".

Så här i efterhand var det minst sagt profetiskt, men vilken påverkan det kunde ha på andra håll, trots att vi befann oss halvvägs över en kontinent och ett hav från USA, skulle komma att påverka oss, och då menar jag företaget, inte alltför långt in i framtiden. Under tiden, i de sista dagarna av sin tjänstgöring, precis innan Lorenzo tog över, kämpade Ginevra fortfarande med att rekrytera den personal som behövdes för att möta vår kunds affärsbehov. Men det skulle förändras när händelserna i USA utvecklade sig under de följande månaderna. Frågan är om de rätta besluten skulle fattas vid rätt tidpunkt ... eller inte.

KAPITEL 12

ETT KOSTSAMT MISSTAG

Nedräkning till kontraktsskrivning

När Giorgio skrev på kontraktet med kunden fanns det en standardmässig betänketid på tjugo arbetsdagar, under vilken båda parter kunde dra sig ur utan ekonomiska förluster eller andra konsekvenser. Därmed inleddes en serie utvärderingsmöten och genomgångar, främst ledda av Mebratu, vars roll i företaget var att övervaka alla sådana projekt. Även om de flesta projekt vanligtvis varade några veckor eller månader, var detta projekt en jätte som inte förr hade skådats. Även kunden insåg behovet av en utvecklingsperiod på över två år. De möten som följde kontraktssigneringen syftade till att granska varje detalj noggrant. Få projekt i världen kunde matcha detta i storlek och längd. Planeringen måste vara perfekt och detaljgranskningen felfri.

Vi hade tjugo dagar på oss att vara helt säkra – eller att dra oss ur. På eftermiddagen måndagen den 12 mars 2007, dag ett av tjugo, nådde Giorgios förslagsdokument alla relevanta parter. Sanden började rinna i timglaset ... klockan tickade ...

Tisdagen den 13 mars 2007 – Ledningsmöte nivå 1

Dag 2 av 20:e arbetsdagen

Mebratu och Amaïa satt i tystnad, båda djupt försjunkna i varsitt exemplar av projektförslaget, som detaljerade kundens krav, tidsplaner för varje mjukvarufas, samt bemanningsnivåer och arbetsinsatser som krävdes för att slutföra varje fas. Dokumentet var grundligt, omfattande och genomarbetat – alla de ord som man vill höra i ett sådant sammanhang. Med sina 110 sidor var förslaget nästintill av bibliska proportioner. Även om många av sidorna bestod av punktlistor med vad, var, när, vem och hur, krävdes över 75 minuters intensiv koncentration för att ta sig igenom det. De båda hade fått dokumentet föregående eftermiddag, och detta var tredje gången de läste det, men nu utan att skumma igenom. Det var fokus på högsta nivå.

Giorgio, författaren till dokumentet och säljaren som hade presenterat affären till klienten, satt tyst, ibland smått rastlös, som en liten pojke som väntar på att rektorns vrede ska drabba honom. Vid hans sida satt Patricija, den kroatiska kvinnan som hade kommit till företaget för flera år sedan och snabbt blivit en oumbärlig del av sälj- och marknadsstödet. Hon ledde nu teamet och var respekterad för sin enastående organisationsförmåga. Minuterna tickade på medan Giorgio och Patricija utbytte några viskande ord så tyst som möjligt för att inte störa läsarna. Till slut stängde Amaïa dokumentmappen, lade den på bordet bredvid sig och väntade några minuter tills Mebratu var klar. När han var färdig vände han sig till henne: ”Vad är dina tankar, Amaïa?” Hon var tyst i några sekunder och samlade sina tankar. Sedan vände hon sig till Giorgio. ”Låt mig bekräfta, tack, om detta är bindande eller om någon av parterna har en betänketid?”

"Vi skrev på igår, dag ett av tjugo arbetsdagar, men båda parter har fyra arbetsveckor, det vill säga tjugo arbetsdagar, som betänketid. Vi är på dag två".

Amaïa tittade på Mebratu. "Om detta fungerar är det briljant och en enorm intäktskälla för företaget, men det finns en massiv mängd utvecklingsarbete här, både vad gäller mjukvara och hårdvara. Vi tittar på sex eller sju stora separata kompetensområden och en mängd andra bara inom mjukvaran, inklusive saker som fortfarande är i sin linda. Jag måste ifrågasätta hur nära vi egentligen är att kunna programmera vissa av dessa delar. När det gäller stöd från underleverantörer kommer vi att lägga en enorm börda på Vincenzo och hans team, och med de bemanningsnivåer som anges här pratar vi troligen om ytterligare trettio heltidsanställda bara för att utbilda andra inom mjukvaruutveckling inför lanseringen. Kan vi hitta rätt personer med rätt kompetens? Sedan har vi hårdvaran ovanpå det. Det behöver diskuteras i detalj. Hur känner du, Mebratu?"

"Det är ett väldigt stort beslut ... 'enormt' är nog inte tillräckligt för att beskriva det, men ..." (han pausade och samlade sina tankar i några sekunder), "... om alla ger klartecken ... ja, då är det en väldigt stor vinstdag. Men om vi tar oss an detta och misslyckas, skulle det bli det dyraste misstaget företaget någonsin gjort".

Han tittade på Giorgio. "Vi får hoppas att du har rätt. Detta är utan tvekan det största du någonsin har föreslagit och skrivit under, med god marginal, och det skulle vara företagets största kontrakt någonsin, med en ökning på fyra eller fem hundra procent. Jag kan inte tänka mig något liknande projekt som något företag i världen har hanterat. Jag tror att mer än bara en liten bön innan varje steg framöver godkänns skulle vara bra att ha".

Mebratu log inte. Innerst inne kände han att detta var ett steg för långt, men om Amaïa sa att gå vidare med utvärderingen, skulle han följa det. Han väntade, liksom Giorgio, medan Amaïa bläddrade igenom några specifika sidor igen som hon hade markerat under läsningen.

Amaïa talade. ”OK, det går vidare till fullständig utvärdering, men jag vill ha en detaljerad initial utvärdering av varje element senast tisdag nästa vecka, eller onsdag om tisdag inte är möjligt, och därefter dagliga rapporter direkt från varje person som tilldelats utvärderingen. Om det innebär visst helgarbete är det okej. Det är inget vi normalt begär, men denna gång tror jag att ni håller med om att det är avgörande. Inget överdrivet prat, inget smicker. Jag vill ha total ärlighet. De personer jag vill ha med inkluderar Filippo, Graham, Silvestro, Ginevra (eftersom hon nästan säkert kommer att vara projektledare vid lanseringen) och Lorenzo (som troligen blir huvudprojektledare), Tara och Bernardo, och vi ska be Vincenzo om hans input också eftersom han skulle vara involverad i att hitta en stor del av underleverantörspersonalen. Någon annan du tycker borde vara med, låt mig veta så diskuterar vi att lägga till dem. Vi använder det vanliga graderingssystemet för utvärdering, och jag vill inte se att någon enskild del av graderingen hamnar under 4,3 och inget helhetsbetyg under 4,6 vid något tillfälle under processen. Klienten kommer naturligtvis att ha sina egna kriterier och en liknande process, men kanske känner de inte till de begränsningar som finns vad gäller utvecklingen av detta projekt, särskilt IoT-delen, och de förlitar sig på att vi gör det rätt. Antingen det, eller så känner de till begränsningarna och hoppas att vi har en trollstav. Över till dig, Mebratu. Tier 2-möte på torsdag, om möjligt”.

* * * * *

Torsdag 15 mars 2007 – Tier 2-ledningsmöte

Dag 4 av 20:e arbetsdagen

Klienten i fråga var en långvarig samarbetspartner till oss. Detta var troligen det femtonde projektet vi genomförde för dem, och även om de flesta projekten hade varit relativt små från några dagar till några veckor, hade ett tidigare projekt pågått i drygt ett år när vi utvecklade det mycket mindre omfattande föregångarsystemet till det vi nu tittade på.

Kundens Europakontor var baserat i Italien och koncernens huvudkontor var i USA, och de hade diverse lokalkontor på andra platser inom Europa. De valde oss regelbundet som leverantörer av mjukvara och ibland hårdvara, då de föredrog att arbeta inom EU på grund av de smidiga kommunikationsmöjligheterna, framför allt eftersom det inte fanns några signifikanta tidszoner att ta hänsyn till. Det skilde max 2 timmar mellan Portugal i väster och Estland i öster. Dessutom använde de flesta EU-länder euron, med undantag för Sverige och Storbritannien vid den tiden, även om det fanns andra. Den inre marknadens fördelar inom EU gjorde att kunden föredrog att hålla projektet inom unionens gränser, även om vissa programmeringsunderleverantörer oundvikligen skulle vara utanför EU:s gränser.

Det största jobbet vi tidigare gjort för dem var 1998, ett CRM-system, som hjälpte dem att locka befintliga kunder, främst små och medelstora företag (SMB), från deras kommersiella reklamenhet till att flytta sina telefon- och internettjänster till kundens egna system. De lockade kunderna med integrerings- och kostnadsfördelar som visade på fördelarna med att arbeta med en enda leverantör, som dessutom erbjöd gratis reklam online som en del av paketet. Detta var särskilt lockande eftersom tryckt reklam över Europa och världen redan 1998 började visa små tecken på försvagning till följd av internets växande popularitet som marknadsföringskanal. CRM-system är utformade för att hjälpa organisationer att bygga kundrelationer och effektivisera processer så att de kan öka försäljningen, förbättra kundservicen och öka lönsamheten. Hela CRM-lösningen vi utvecklade 1998 var designad för att köras online – och det fungerade. Kunden var mycket nöjd. Frågan var nu: var detta för stort och för komplext för att lyckas?

Både vi och kunden visste att vissa rivaliserande företag i Europa ignorerade det oundvikliga och trodde att tryckt reklam och analoga kommunikationslösningar skulle överleva och blomstra när internet tog över marknaden. Detta visade sig vara ett stort misstag. Ett stort europeiskt reklamföretag, som fortfarande 1998 inte hade börjat fundera på att erbjuda databasdrivna kundwebbplatser för online annonsering, stod 2007 inför en katastrofal minskning av sina intäkter från tryckt material. Samtidigt ville vår framåtblickande kund utveckla avancerade stödsystem för sig själva och sina kunder. Detta inkluderade orderhantering, avancerade databasdrivna katalogsystem, bokföring, fakturering, prenumerationsbetalningar och IoT-lösningar. IoT [39]- Internet of Things, innebar att koppla upp enheter via internet, exempelvis för att kunderna skulle kunna styra allt från sin hemuppvärmning till larmsystem på distans. I bakgrunden skulle kunden kunna hantera sina interna IT-lösningar, inklusive operativt stöd, inom ett enda system. Konceptet var fantastiskt, och Giorgio hade presenterat en strålande idé för kunden. Men alla som granskade förslagen vid det här laget hade samma fråga: existerar teknologin för detta redan? Var detta ett allvarligt misstag i bedömningen? Tiden skulle utvisa. Och det var den främsta anledningen till att Mebratu sammankallade de personer han behövde för att hantera projektet från dess start, genom lanseringen och vidare till de första två eller tre leveransfaserna.

Tre namn inom företaget och dess huvudsakliga underleverantörer stod högst på listan. Det var oundvikligt att Vincenzo skulle finnas med. Även om han inte var direkt anställd av företaget hade han under flera år varit en ledande kraft hos vår viktigaste underleverantör för att lösa svåra problem, både inom mjukvara och hårdvara, ofta när andra stod handfallna. Det var faktiskt han som anslöt sig till oss ett par månader efter att föregångarsystemet hade påbörjats och bidrog med ovärderliga tekniska färdigheter för att föra det i mål. Kunden blev aldrig medveten om hans mycket nödvändiga ingripande.

För det andra var Ginevra det perfekta valet som initial projektledare för lanseringsfasen. Hennes främsta styrka låg i att definiera den nödvändiga utrustningen för utvecklingen och strukturera de team som skulle hantera och genomföra arbetet, innan hon överlämnade projektet till nästa projektledare. De skulle arbeta sida vid sida i upp till tre månader under övergångsfasen, tills projektet var fast i den nya projektledarens händer och Ginevra kunde gå vidare till sitt nästa uppdrag. Den tredje personen i kärnteamet var den nämnda projektledaren, Lorenzo, en relativt ny medarbetare i företaget men med en imponerande meritlista inom liknande projekt som sträckte sig över flera år. Han och min högra hand Graham hade faktiskt mycket kort arbetat tillsammans på kommunikationssystem för finansmarknader i London under slutet av 1980-talet.

Resten av utvärderingsteamet, inklusive mig själv och Graham, kopplades in för denna för-lanseringsfas för att tillföra våra erfarenheter och identifiera potentiella fallgropar, i syfte att undvika dessa. Systemet kallades ett "full-stack-system". Termen, som först definierades på 1990-talet, betydde i huvudsak att alla delar av systemet kunde integreras. Med andra ord skulle varje del av paketet kunna "kommunicera" med, eller åtminstone läsa och använda data från, varje annan del i systemet. Det var grundidén i ett nötskal. Men med ett så komplext system var vissa problem oundvikliga. Så här stod vi nu, 2007, med målet att slutföra huvuddelen av projektet senast 2009, men med möjligheten att sträcka sig in i början av 2010. De väsentliga byggstenarna skulle dock vara på plats senast under tredje kvartalet 2008 eller allra senast i början av 2009.

Den första delen av projektet behövde hantera hela intäktssidan, och därefter skulle resten av systemet byggas på denna grund under det sista året till femton månader av projektet. Genom att skapa hela systemet modulärt, där varje del kunde utvecklas av mindre team, skulle det i teorin bli möjligt att relativt enkelt färdigställa hela projektet och låta kundens egna utvecklingsteam lägga till ytterligare funktioner vid behov. Det var detta koncept som Mebratu presenterade för de andra tre vid mötet den 5 mars 2007, medan resten av utvärderingsteamet antingen satt i bakgrunden eller, som Graham och jag, lyssnade in på distans. Självklart gör jag en sammanfattning av hans presentation. Den var, som alltid, mycket grundlig, koncis och täckte alla detaljer. Sedan öppnade han upp för kommentarer från Ginevra, Lorenzo och Vincenzo.

Ginevra började: “Ur mitt perspektiv har jag normalt det enklaste jobbet i ett projekt”, inledde hon. “Jag samlar de människor som behövs för att få i gång allting, övervakar utbildningen och ser till att allt fungerar under de första sex månaderna. Min enda oro är den enorma storleken på detta projekt. Vi måste komma upp i sprinttempo inom tre månader efter starten, vilket kräver ett stort inflöde av personal ... och/eller underleverantörer. Bara utbildningsinsatsen i denna initiala fas kommer att vara mycket krävande”.

De andra nickade. “De flesta projekt kräver tio till femton kvalificerade personer som ingår i mjukvaruteamen och kanske två eller tre som hanterar hårdvara och infrastruktur. Det största projektet jag någonsin har lett hade trettiosju programmerare. För detta jobb måste vi titta på över 200 personer ... och mer därtill. Ett annat problem jag kan se är att mycket av den befintliga mjukvaran kanske inte räcker till. Jag undrar hur många mantimmar, eller kanske snarare manår, detta kommer att kräva. Kanske är det en fråga för Vincenzo att svara på”.Top of Form

Han tänkte några sekunder och granskade återigen några punkter i dokumentet som han hade identifierat. ”Jag tror att det är rimligt att säga att du har rätt angående bemanningen, eftersom vi har ett enormt resursbehov. Dock, med det sagt, borde vi kunna återanvända åtminstone 35–40 % av den initiala och andra releasefasens mjukvara från det som redan existerar ... med vissa justeringar, ja, men grunden finns där. Ja, en betydande del måste bearbetas om, och ungefär 40 % eller kanske mer behöver skrivas från grunden", Vincenzo pausade.

"Kom ihåg att vi vid mer än ett tillfälle i princip har fått skriva om fullständigt skräp som kom från personer som inte höll sig till riktlinjerna, så att säga!", alla nickade instämmande. De var mycket väl medvetna om de bidrag – eller snarare räddningsaktioner – som Vincenzo och hans team hade lyckats trolla fram ur tomma intet på andra projekt. Det gav associationer till kaniner ur hattar.

"En sak oroar mig, och det är om vi ens nu, eller i en nära framtid, har förmågan att skriva mjukvara som gör det möjligt för kundens egna utvecklare att finjustera det vi producerar och effektivt lägga till sina egna moduler, utan att ge bort för mycket av våra egna färdigheter och rättigheter. Idén om ett modulärt system är fantastisk, men att göra det idiotsäkert för en kund är som att skapa en komplex meny för en stor festmåltid, och sedan ge extra ingredienser till människor som inte förstår ett dugg om matlagning och säga åt dem att lägga till, justera eller ändra allt på menyn innan det serveras för gästerna ... och en av ingredienserna de får hantera är rå blåsfisk. Inte den bästa idén, eller hur?"

"Tänk dig, här har du en fantastisk måltid skapad av exceptionella kockar med år av erfarenhet, men du ger andra människor chansen att mixtra med hela produktens arkitektur, vilket är bra för klienten i princip. Begränsa vad de kan göra och definiera tydliga 'förbjudna' områden, och det borde fungera. Men notera att jag säger 'borde', inte 'kommer'. De erbjuds, (och det är Giorgio som har erbjudit det), chansen att leka med eld ... och inte en brandsläckare i sikte. Det kan vara mycket farligt".

Vincenzos analys var koncis, men samtidigt förmedlad på ett sätt som gjorde att hans kollegor förstod. Han visste till exempel att både Ginevra och Mebratu älskade gourmetmat, och sättet han beskrev det på skulle definitivt väcka varningsklockor. Lorenzo tog upp flera punkter i dokumentet. ”Min största oro är hur vi skriver mjukvaran som gör det möjligt för kunden att hantera fakturering. Självklart, när du skapar ett faktureringssystem där människor kan betala för de tjänster de använder efteråt, alltså ‘postpaid’ så att säga, måste det finnas skyddsåtgärder. Men kliver vi in på farlig mark med fakturering och betalningar? Du kan se hur vissa av deras kunder kan dra på sig enorma skulder. Det finns väldigt lite omnämnande av gränser för kontospendering, tak som kunden inte kan överstiga, och det är inte bara oroväckande ur ett programmeringsperspektiv utan borde även bekymra kundens egen redovisning ... eller borde åtminstone göra det. Ja, det är deras problem, men vi vill inte framstå som de som initierat ett okontrollerat faktureringssystem. Vi måste få kunden att inse behovet av att sätta specifika gränser som deras kunder inte kan överskrida.

”Och sedan har vi denna monumentala produkt- och tjänstekatalog som de vill integrera. Vi har tidigare gjort arbete för dem på det systemet och har alltid avrått från en 100 % integration av allt i ett enda större system. Har Giorgio varit för generös när han antytt att vi nu kan tillåta det? Vi pratar om enorma databaser här. Han föreslår fullt automatiserade arbetsflöden tillsammans med ett stort urval av manuella aktiviteter över ett stort spektrum av tjänster och system”.

Mötet drog ut på tiden i flera timmar och man granskade ständigt Giorgio’s förslag i sömmarna, men för att vara rättvis, så handlade mötet om att identifiera det möjliga, det rimliga, det riskabla och det helt galna. Men efterhand verkade det som att nästan allt hade en lösning. Fem timmars diskussioner senare enades de om att ajournera mötet och återuppta det följande tisdag. Under tiden skulle de ta med sig allt och låta sina respektive toppteam säga sitt, och även om han inte var involverad som en primär utvärderare, bad Mebratu mig om tillåtelse att låta min teamledare Graham arbeta på plats i ett par veckor för att ge en helt oberoende bedömning. Jag var glad att godkänna det.

* * * * *

Tisdag 20 mars 2007 – Tier 3-ledningsmöte

Dag 6 av 20:e arbetsdagen

Flera medlemmar i den utökade gruppen hade bett om ledigt på måndagen. Den 19 mars 2007 var Farsdag i Italien. Med ett undantag avslogs dessa förfrågningar, och alla utom Graham, som var ledig på grund av ett sjukhusbesök för sin fru, arbetade den dagen. Graham, för att vara rättvis, ägnade söndagen åt det han annars skulle ha gjort på måndagen. Så varför Graham? Han var inte en del av ledningsgruppen, men för ett par år sedan, under ett kort samtal på ett av Massimos större möten, hade han och Mebratu utbytt några ord om ett annat projekt. Graham hade, med bara en mening, föreslagit en genial lösning på ett problem som stressade alla och som inte ens Vincenzo och hans team hade kunnat lösa. Sedan dess hade Mebratu bett Graham att delta som observatör och ibland bidragsgivare på Tier 3-möten (och ibland även Tier 2) för nya projekt. Därefter diskuterade de mötena tillsammans innan Graham officiellt deltog. Jag var medveten om detta eftersom jag behövde godkänna Grahams tillfälliga utlåning, men jag hade lovat att aldrig nämna att jag visste om hans i huvudsak anonyma roll.

Mötet den 20 mars inkluderade nästa nivå av personer som skulle, eller eventuellt skulle, arbeta med utvecklingen av systemet och tillhörande administration. Ginevra tog med sig tre personer: en från personalavdelningen, ett uttryck vi föredrog framför det moderna och opersonliga "HR" och två från kontot, alla tre med erfarenhet av projektkontroll i startskedet. Vincenzo tog med två av sina tre teamledare, och Lorenzo gjorde detsamma. Mebratu hade också kallat in flera andra erfarna personer, som anslöt sig till Bernardo, Tara och mig. Inte för att någon av oss tre vid det här laget betraktades som potentiella projektledare – det var tänkt att Lorenzo skulle fullfölja detta – utan för att vi kunde ge en opartisk synpunkt, ungefär som att ha oberoende konsulter på plats utan de höga arvoden som sådana vanligtvis tar.

Och där, tyst i bakgrunden, var Graham.

Slutligen tog Mebratu själv vanligtvis in två eller tre personer som han kallade observatörer – personer som nyligen hade börjat på företaget men redan visat särskilda talanger. Jag lade inte märke till det vid den tiden, inte minst eftersom Graham och jag båda deltog via videolänk och inte kunde se hela mötesrummet, men en av personerna i Mebratu's lilla grupp var Sofia. Mebratu's metod var att uppmuntra alla att bidra, men hans kontroll över mötena var oklanderlig. Han lockade fram kommentarer från personer som de tre huvudcheferna tagit med sig, även sådant som cheferna kanske inte ville att de skulle säga. Därefter berömde Mebratu dem för att de var så rättframma och lugnade diskret de tre cheferna i eftermötet innan han pratade med Graham. Och ja, jag fick delta i den diskussionen. Mötet som helhet hade gått mycket bra, och även om vissa farhågor togs upp, fanns det inget som direkt väckte några stora varningsklockor. Men Grahams viktigaste kommentar när de pratade efteråt fick Mebratu att stanna upp och tänka.

"Se det så här," började han. "Gå tillbaka nästan femtio år till när IBM, ICL och liknande företag designade sina nästa generations operativsystem. Det här är inte riktigt lika stort, men det är ändå ett av de största projekt du kan hitta idag. Det fanns en toppchef på IBM vid namn Fred Brooks, och när deras system slutligen var klart, efter att ha krävt tusentals mantimmar jämfört med rivalernas tiotals eller låga hundratal, skrev han en bok om det. Den kallades The Mythical Man-Month och handlade lika mycket om hans egna misslyckanden som om företagets i projektets övergripande hantering. Den handlade framför allt om att kontrollera flödet av arbetskraft och hur man hanterar en hög omsättningsgrad. Det som oroar mig är att om saker snabbt börjar gå fel, främst med arbetskraften, i form av utbrändhet och hög omsättning, måste man varje gång någon slutar göra två saker. För det första måste man ersätta den personen, och för det andra måste man ta någon från projektet för att utbilda den nya personen. Det var det Fred Brooks identifierade som IBM:s problem när de skapade och hanterade sitt system, OS360. Ja, de fick det rätt till slut, men det var fyllt av problem som rivalerna till stor del undvek".

"Så, börja med en något mindre personalstyrka på detta projekt, kanske femtio personer. Utbilda dem alla till att bli faktiska utbildare ifall de behöver ta på sig en sådan roll med kort varsel, och väx sedan arbetsstyrkan över behovet på kanske tre till fyra månader genom att använda dessa personer som utbildare. Du har ungefär trettiofem personer nu som skulle kunna kliva in i den rollen antingen omedelbart eller inom sex till åtta veckor när de avslutar andra projekt. Om ditt mål är, låt oss säga, 120 personer, sikta på 150, eller om målet är 250, sikta på 300, och så vidare. Då, när folk faller bort, har du en reservstyrka så att säga".

Mebratu kunde se logiken, visste att Grahams observationer var så bra som de kunde bli, men förstod också att tidsplanen möjligen inte rättfärdigade den långsammare personalutvecklingen som Graham föreslog, även när Graham snabbt skissade en graf. Med det sagt visste han att Grahams siffror för arbetskraft var lägre än vad han själv redan hade bestämt.

"Okej, Graham, det här kommer att gå in i min planering. Jag är inte säker på att det är helt genomförbart, men det är definitivt något att överväga i detalj". Mötet med oss två var över inom tjugofem minuter, och innan jag hann få mig en kopp kaffe ringde telefonen.

"Är du ensam nu?" frågade Mebratu. "Ja", svarade jag. "Graham har rätt, men det finns ett problem. Jag borde ha gissat det, men både Amaïa och Massimo var med på Tier 3-konferensen på tyst läge. Jag visste om Amaïa men inte Massimo. De har båda sagt att de är redo att godkänna nu, vid det här stadiet, även om jag personligen känner att det fortfarande finns mycket mer att utvärdera. Jag hoppas bara att de har rätt. Jag kommer att ta med så mycket av Grahams förslag som möjligt. Tacka honom", och luren lades på. I flera dagar efter det fortsatte Mebratu att gå igenom utvärderingsprocessen, nästan säkert medveten om att även om någon reste stora invändningar skulle de förmodligen bli överkörda. Det visade sig att ingen gjorde det, och när medlemmarna i mötena gav sina bedömningar föll alla graderingar inom de nödvändiga nivåerna ... precis!

Men den stora frågan är: "Var det Massimos beslut, eller någon annans?" Den enda personen som Mebratu aldrig övervägde var Pietro, Amaïas chef och Massimos omedelbara ställföreträdare. På många sätt var han som en biträdande rektor på en stor skola. Rektorn, i detta fall Massimo, var mycket en symbolisk figur, men det var biträdaren, i detta fall den mycket tystlåtne och sällan hörda Pietro, som höll i trådarna. Sanningen är att vi förmodligen aldrig kommer att veta.

Och när det kom till ledningsmötet med klienten var det Amaïa som ledde det, även om Mebratu, Ginevra och Pietro alla var närvarande, även om Pietro enbart var där som observatör.

* * * * *

Onsdag 28 mars 2007 – Kundmöte

Dag 14 av 20:e arbetsdagen

Tiden började nu bli knapp. Amaïa gick in i mötet med klienten beväpnad med vetskapen om att företaget nästan säkert skulle godkänna avtalet. Ingen hade framfört några stora invändningar, även om Grahams klassiska utvärdering av arbetskraftsbehovet i de tidiga faserna hade vidarebefordrats till Pietro, Amaïa och Mebratu. Jag hade sett till att det gjordes.

Förutom Amaïa hade kunden två huvudpersoner närvarande. Den första var en man vid namn Ahrend, flamländsk belgare till ursprunget, som hade visat exceptionella akademiska färdigheter i skolan. Tystlåten och metodisk, en född ledare, han hade under sin barndoms semestrar i Toscanas kullar utvecklat en kärlek till Italien och lärt sig språket väl redan som ung. När han fick möjligheten att studera för sin examen vid universitetet i Siena där föreläsningar ges både på engelska och italienska, tog han chansen direkt.

Ahrend var klientens chef för operativ utveckling och det var han som hade kommit överens om paketet med Giorgio. Den andra personen var en man vid namn Cosimo, döpt efter chefen för Medici[40]-banken från medeltiden eftersom han och hans far var mycket avlägsna släktingar till bankens grundare. Cosimo Medici var mannen som säkrade det påvliga kontot för banken för många århundraden sedan. Liksom vår egen Giorgio hade Cosimo några psykologiska problem, men medan Giorgio höll dem dolda kunde Cosimo sällan det. En total ensamvarg utanför arbetet, hans gåva låg i matematisk och analytisk briljans, och han var för kunden chef för systemutveckling. Den tredje deltagaren var en kvinna vid namn Alessia, en balanserad akademiker, en god lyssnare och en begåvad matematiker och organisatör som för kunden tillförde en stabil hand inom personalhantering. Hennes främsta anledning till att delta i mötet var att försäkra sig själv och kundens ledningsgrupp om att vi faktiskt hade resurserna för att klara av jobbet.

Jag var inte med på det mötet, men en sak som blev tydlig efteråt var att Amaïa, tillsammans med Mebratu och Ginevra, målade upp en relativt positiv bild. Jag antar att det, med tanke på möjligheten till en så stor intäkt, fanns en viss tendens att framställa saker som bättre än de egentligen var. Vad som kom ut av mötet var ett undertecknat avtal och en brådskande jakt för att uppfylla klientens krav. Affären godkändes på plats, och det slutliga kontraktet skrevs under. När Mebratu lämnade mötet hade han en stark känsla av att företaget hade gjort ett misstag ... ett mycket stort misstag. Men det var inte hans beslut, inte hans underskrift. Han skulle bara behöva bära ansvaret. Resten känner du redan till. På sätt och vis kan man kanske kalla det något skrämmande. Ur en personlig synvinkel var jag lättad över att jag inte var involverad i kontraktsutvecklingen och hanteringen, men ständiga problem under både Ginevra's och Lorenzos tid som ansvariga skulle fortsätta att dra in mig i kaoset. Hur lite jag visste om vad som skulle komma.

EPITAFIUM

Sofia återupptog sin berättelse. "I november 1989, när situationen hade blivit riktigt dålig, gav sig min mamma och jag ut på vad jag bara kan kalla ett äventyr ... men hon berättade inget för mig i förväg. Hon sa bara att vi skulle besöka några vänner. Vi bodde fortfarande nära Oradea då, i en by som nu nästan är en förort till staden, och min mamma sa att vi skulle besöka gamla vänner från hennes gymnastikkrets. Vi packade det vi vanligtvis skulle ta med oss för tre eller fyra dagar, och jag blev verkligen förvånad när hon sa att någon skulle hämta oss med bil. Vi brukade alltid åka buss eftersom det var så mycket billigare".

"Hur som helst, precis innan klockan fem, när det började mörkna, knackade det på dörren, och mamma plockade plötsligt fram tre till väskor, fullpackade. Det stod två män vid dörren, och de fick in allt bagage i bilen, sedan vi, och vi gav oss i väg, genom Oradea, ut på södra sidan och vidare söderut mot Timisoara. De körde lugnt, utan brådska ... men de var nervösa, även om jag inte hade någon aning om varför".

"Strax före Timisoara kom vi till Arad, och vi stannade på en innergård på en bakgata där det stod en annan bil. Vi bytte till den bilen. Även jag blev nyfiken nu och jag minns att jag sa till min mamma att det inte kändes normalt. Allt hon sa var att vi snart skulle vara framme. Bilarna åkte åt olika håll, och vi hamnade på små bakvägar som ledde till Sânnicolau Mare vid ungefär halv nio på kvällen".

"Ytterligare en innergård på en annan bakgata, men den här gången kom en fyrhjulsdriven bil efter ungefär tio minuter, och det blev ett mindre gräl om att den var sen. Trots det var klockan över nio när vi åkte vidare. Vi nådde utkanten av en liten plats som heter Cened runt 21.20 och fyrhjulsdrivna bilen körde in i en lada med öppna dörrar. Och därifrån gick vi ..."

"Vid de tidiga morgontimmarna hade vi korsat floden Mures i en roddbåt, och vi var i Ungern. Och ja, vi hade alla väskor med oss".

"Vi väntade i en liten stuga fram till strax innan klockan sju, även om det hade börjat ljusna ungefär fyrtio minuter tidigare. Det var kallt, men uthärdligt eftersom vi var klädda för vädret. Sedan kom en bil med ungerska registreringsskyltar. Två personer, en ungersk man och en kvinna med en accent som jag direkt kände igen som italiensk, för min farmor var italienska som alltid uppmuntrade mig att lära mig tala italienska. Jag var inte särskilt bra på det då, men hon såg till att mitt uttal var rätt".

"Hur som helst, vi lastade in allt i bilen och satte oss. Vi passerade en liten stad efter några minuter, och sedan befann vi oss på en lång, ganska rak väg. Jag minns att solen var nästan rakt bakom oss först, och sedan kom vi fram till en stad som heter Szeged och körde nästan in till centrum. Jag minns att det fanns två statyer av medeltida soldater på varsin sida om en valvport över en gata med spårvagnsspår och en liten park mittemot. Vi togs in i en lägenhet i närheten".

"Där fick vi frukost – varm mat och varmt kaffe. Vet du, det var en av de bästa måltiderna jag har ätit i hela mitt liv. Jag minns att jag tittade ut genom fönstret och såg en man gå förbi ... och han var tjock! Det hände aldrig i Rumänien".

"De två personerna talade båda engelska, liksom min mamma – hon var tvungen eftersom hennes arbete som idrottstjänsteman krävde det. Det, och franska, var språken de använde i olympiska kretsar. Jag förstod några ord, eftersom jag hade börjat lära mig engelska i skolan".

"Strax efter klockan nio gick min mamma och jag en kort sträcka med mannen och fann oss själva vid det italienska konsulatet några gator bort. Tack vare min farmor kunde jag få ett tillfälligt italienskt pass nästan omedelbart. Jag kommer aldrig att förstå hur, men min mamma hade med sig sin födelseattest, min fars och min egen, samt deras vigselbevis – alla redan översatta till italienska. Mitt pass anlände till lägenheten med post ungefär två veckor senare, och jag minns att min mamma sa: 'Nu är du officiellt italiensk'. Min mamma fick vänta ett tag på sitt pass, men vi behandlades väldigt väl och kunde gå ut i staden, besöka affärer och se julförberedelserna och så vidare".

"Vi hade varit där i ungefär en vecka när fyra personer kom för att besöka oss. Mamma kände igen dem direkt. De var kopplade till italiensk gymnastik på nationell nivå, och hon erbjöds ett jobb på plats. En av dem talade rumänska, och jag minns de ord han sa, på rumänska, precis i slutet: Nu har du ett jobberbjudande, du har en plats i Italien. Välkommen till din framtid. Min mamma brast ut i tårar, och allt hon kunde säga, om och om igen, var: Tack, tack, tack! Och fyra dagar senare sa vi adjö till våra ungerska värdar, en taxi hämtade oss och vi åkte till flygplatsen för att ta ett flyg till Rom. Vår värld var på väg att förändras".

"Det blev en virvelvind därifrån. Hon gick direkt in i det italienska landslagets tränarteam, och jag följde med. Jag fick en plats på en mycket bra skola och ... ja, du känner till mina kvalifikationer. På gymnasiet utvecklade jag färdigheter som du, Filippo, känner allt för väl till. Vid 18 års ålder fick jag ett erbjudande från ett universitet i Milano och gjorde mitt tredje år i Budapest, där allt var på engelska. Vid det laget hade jag lärt mig engelska till en mycket hög nivå. Och där träffade jag László, som du vet. Och en hel del av resten känner du till, men inte allt. Vissa saker håller jag fortfarande för mig själv. Vid det laget hade mamma gift sig med en italiensk fotbollsspelare ... jag menar, en STOR italiensk fotbollsspelare. Det höll förstås inte – äktenskapet alltså – han var otrogen, men vi hade en fantastisk tid. Nu är han tränare för en toppklubb i England".

Telefonen ringde, och Sofia plockade upp den. Hon sa några ord på ett språk jag inte kände igen och avslutade samtalet. "En släkting ... i Ungern. Jag ringer tillbaka".

Därifrån blev det småprat i ungefär tio minuter, och sedan var jag på väg. Hennes sista ord till mig var: "Upp med hakan, allt kommer att bli bra".

Lite mer än en vecka senare stirrade jag i misstro på Sofias avskedsbrev ... och när hon såg mig kort därefter sa hon helt enkelt: "Jag har saker att göra. Jag kommer att klara mig". Jag visste att hennes mamma hade demens och antog att det var hennes plan. Jag hade ingen aning om sanningen.

* * * * *

Lördag 7 mars 2020 – efter begravningen

Serena och jag var de enda deltagarna på Sofias begravning som inte hade talat direkt med den skäggige mannen och kvinnan med honom. Barnen var borta vid trädgårdens yttersta mur och tittade ut över Comosjön, medan Bella lyfte upp Lotti så att hon kunde se sjön över muren. Serena ropade åt dem att vara försiktiga. De få återstående gäster jag hade känt från projektet började lämna. Lycklig och nöjd insåg jag att de alla hade funnit frid inom sig själva och med varandra, eller åtminstone verkade ha gjort det. Den skäggige mannen presenterade sig: "Jag är ledsen att det tagit oss så lång tid att nå fram till er, men vi är så glada att ni fortfarande är här. Sofia själv talade med mig för några veckor sedan och bad mig att kontakta er personligen. Vi hade ingen aning om den situation hon befann sig i förrän nyligen, och jag skulle gärna vilja dela det med er. Skulle ni och er familj vilja göra oss sällskap hemma hos oss i en eller två timmar? Det är bara tio minuter härifrån".

Jag tittade på Serena, och vi nickade båda ... den lilla nickningen som bara en make och maka kan dela ... och vi kallade på barnen, förklarade var vår bil stod, och mannen sa att de skulle gå ner till den med oss eftersom deras bil stod på samma parkering. Och där var vi, framför ett imponerande bostadshus på en innergård innanför smidesjärngrindar. Där, till vår förvåning, stod László tillsammans med de två unga kvinnorna vi hade sett tidigare, mannen med getskägget och kvinnan som var med honom. László steg fram för att skaka min hand och bad om ursäkt. "Jag är ledsen att jag inte var med vid gravsättningen. Jag klarade det faktiskt inte. Jag var vid kremationen, och jag kommer att besöka kapellet med flickorna imorgon".

Mannen med skägget presenterade oss för de två unga kvinnorna. "Det här är Elena och Erika. De är mina kusiner ... och Sofias döttrar". Och med det vände sig Elena till László och sa: "Pappa, kan du hålla mitt glas, tack ..."

EFTERSKRIFT

Lördag 11 september 2022

Det kändes mest passande för alla som kunde vara där att vi skulle samlas igen för att fira och minnas Sofia lördagen den 11 september 2022, återigen vid Comosjön, men den här gången på en restaurang i staden nedanför kapellet där hennes kvarlevor vilade. Fullmånen hade inträffat tidigare på dagen i Fiskarnas stjärntecken, Sofias stjärntecken, och hon hade gått bort lite mer än två och ett halvt år tidigare på sin födelsedag, den 26 februari 2020.

Pandemin och dess restriktioner, och de många liv som förlorades till en sjukdom mänskligheten till en början kämpade för att kontrollera, började blekna i många människors medvetande. Men vi var alla alltför medvetna om vilken prövning det hade varit och vilken fortsatt påverkan den hade på våra liv. Vädret var också milt. Den svettiga sommar som mycket av västra Europa hade uthärdat höll på att ge vika, även om temperaturen fortfarande nådde över 28 °C den dagen, lyckligtvis mycket svalare än de intensiva temperaturerna bara ett par veckor tidigare.

Detta var dock en riktig hyllning, och de allra flesta av de ledande medlemmarna från de olika teamen som hade arbetat med projektet, både före och under Sofias tid, kunde vara där. Det fanns några frånvarande, av olika skäl. Ingen familj den här gången, med två anmärkningsvärda undantag. Inga barn, inga svarta begravningskläder, ingen dyster stämning. Bara en chans att höja ett glas ... eller två, precis som hon själv skulle ha gjort. Angelina höll ett kort tal där hon kallade Sofia sin "bästa vän" och berättade om en planerad cykeltur genom Schwarzwald som tyvärr aldrig blev av. Både Amaïa och jag talade om den skillnad hon gjort för arbetsmiljön och för våra egna liv.

Ja, Sofias döttrar var också där, men inte de äldre familjemedlemmarna från Rumänien. Stämningen var aldrig högljudd, alltid respektfull. Medan vi pratade över lunchen och långt in på eftermiddagen delade vi minnen av Sofia, och vid ett tillfälle såg jag i bakgrunden hur en av hennes döttrar, Erika, diskret tryckte en näsduk mot sitt öga. Jag hade gått vidare från företaget och var nu inne på mitt fjärde år hos samma delvis rivaliserande, delvis samarbetande underleverantör som andra hade valt, och arbetade tillsammans med Vincenzo.

När människor började lämna vid 18-tiden hade jag fått ett speciellt uppdrag. Mina tidigare kollegor var inte medvetna om det, men Sofias döttrar visste. Det var faktiskt de som hade bett mig. När vi var ensamma kvar, bara vi tre, började vi den promenad tillsammans uppför backen från stadens torg och dess parkering tillbaka till kapellet, samma promenad som Serena och jag hade gjort med vår familj på dagen för Sofias begravning. Vi sade inget, utan gick tyst in genom grindarna till de fortfarande vackert anlagda trädgårdarna där vi möttes av samma präst, den här gången leende, inte dyster, som följde med oss till kapellet. Och där, nedanför de murade nischerna där Sofias aska hade placerats för alla dessa månader sedan, fanns nu ett annat namn.

László hade aldrig varit en praktiserande kristen, men han skulle ha velat vila vid Sofias sida på sin sista viloplats. COVID hade tagit honom några månader tidigare, vid en tid då en plötslig ökning av infektioner hade lämnat vissa oförberedda. Varför? Varför László... och varför så många andra? Det är en fråga som kanske ingen kan besvara. Men detta var ingen begravning, bara en välsignelse av en liten plakett som Elena och Erika hade beställt.

Prästen läste en serie böner och avslutade med orden på plaketten, "Una in cura Dei", som betyder "Tillsammans i Guds kärleksfulla omsorg", innan han avslutade med de välbekanta orden: "In nomine Patris et Filii et Spiritus Sancti".

Prästen vände sig till mig. Några år tidigare hade Sofia anförtrott mig en gåva från sin universitetstid. Hon hade alltid gjort en poäng av att ge varje medlem i teamen hon arbetade med en liten födelsedagspresent, och den sista hon gav mig var en liten nallebjörn med ett namn broderat på ... László. Vid den tiden var jag inte medveten om hur nära de hade stått varandra och trodde att det bara var hennes lite udda humor. Jag hade nämnt det kort efter hennes begravning för László och erbjudit mig att ge den till honom. "Nej, inte alls", sade han. "Sofia gav alltid människor presenter av en anledning". Jag hade ingen aning om att detta kanske var anledningen. Det fanns en liten hylla precis nedanför plaketten, normalt reserverad för ljus ... men den lilla nallebjörnen kändes så mycket mer passande. Den här gången var det min tur att fälla en tår ... och Erika räckte mig en näsduk.

Några sekunder senare gick vi ut i eftermiddagssolen, och precis när vi skulle skiljas åt sade Erika och Elena, nästan samtidigt: "Håll kontakten, snälla". Och när jag gick därifrån tänkte jag, "Ja, det ska jag".

TILLKÄNNAGIVANDEN OCH FOTNOTER

1 The Mythical Man-Month: *Essays on Software Engineering* är en bok om mjukvaruteknik och projektledning av Fred Brooks, först publicerad 1975 med senare upplagor 1982 och 1995. Dess centrala tema är att tillsätta fler resurser till ett mjukvaruprojekt som ligger efter i tidplanen fördröjer projektet ännu mer. Denna idé är känd som *Brooks' Law* och bygger på hans erfarenheter hos IBM under utvecklingen av OS/360. Han hade tillfört fler programmerare till ett projekt som halkat efter i tidplanen, ett beslut som han senare insåg kontraproduktivt fördröjt projektet ytterligare. (Källa: Wikipedia – The Mythical Man-Month)

2 Ursprungligen kallad *Colpo Grosso* (betyder ordagrant "Storkupp") och visades mellan 1987 och 1991 i Italien. Programmet blev mer känt som *Tutti Frutti* när det lanserades i Tyskland, Sverige och flera andra länder. Programmet orsakade stor upprördhet på grund av inslag av partiell nakenhet, särskilt eftersom den tyska versionen sändes okrypterad via Astra 1-satelliten. (Källor: IMDB, Lyngsat och Wikipedia)

3 Vid OS 1976 begränsades antalet gymnaster som kunde delta i de individuella grenfinalerna till två per land, vilket hindrade många duktiga gymnaster från starka lag att tävla. Dessutom fick endast de tolv högst rankade lagen från världsmästerskapen delta med fullständiga lag i lagfinalen. (Källa: Wikipedia – Gymnastics at the 1976 Summer Olympics)

4 Merli-lagen introducerades i Italien som en del av ett bredare FN-initiativ för att bekämpa föroreningar. (Källa: FAO Agris)

5 Vid sin kollaps i september 2008 var Lehman Brothers den fjärde största investmentbanken i USA med 25 000 anställda globalt. Banken hade tillgångar värda 639 miljarder dollar och skulder på 613 miljarder dollar. (Källa: Investopedia – Lehman Brothers Collapse)

6 *"Make 'Em Laugh"* är en sång från MGM:s musikal *Singin' in the Rain* (1952), framförd av Donald O'Connor. Låten är nära baserad på Cole Porters *"Be a Clown"*. (Källa: Wikipedia – Make 'Em Laugh)

7 Åtta personer omkom när en tysk bomb träffade ett bostadsområde på Pier Road i Littlehampton den 18 juli 1942. (Källa: Littlehampton Museum via Facebook)

8 St Catherine's Church i Littlehampton, England, är en romersk-katolsk kyrka i gotisk stil från 1862 och är ett byggnadsminne. (Källa: Wikipedia – St Catherine's Church, Littlehampton)

9 Beach Hotel i Littlehampton, som öppnade 1775, var en viktig social knutpunkt fram till sin stängning 1987. (Källa: Littlehampton Museum)

10 Väderdata: Visual Crossing

11 Den italienska ockupationen av Etiopien pågick mellan maj 1936 och november 1941. (Källa: Wikipedia – Italian Ethiopia)

12 DNA-analys introducerades av Dr. Alec Jeffreys 1984 vid University of Leicester. (Källa: Easy DNA – History of Forensic DNA Analysis)

13 *"Do They Know It's Christmas"*, inspelad 25 november 1984, var en välgörenhetssingel skapad av Bob Geldof och Midge Ure. (Källa: The Music Site)

14 Filmen *The Island* (2005) med Scarlett Johansson och Ewan McGregor skildrar ett dystopiskt samhälle. (Källa: IMDB – The Island)

15 Skylten *"The Buck Stops Here"* på president Trumans skrivbord tillverkades på Federal Reformatory i Oklahoma. (Källa: Truman Library)

16 Europacupfinalen 1960 var den mest målrika i historien och hölls på Hampden Park, Glasgow, med Real Madrid som vinnare. (Källa: Wikipedia)

17 El Relicario i Lloret-de-Mar har varit en nattklubb sedan 1950-talet och inkluderar ibland klassisk balett i sina program.

18 Bob Dylan, född Robert Allen Zimmerman, är en amerikansk sångare och Nobelpristagare i litteratur (2016). (Källa: Britannica)

19 Isle of Wight Festival 1969: Bob Dylan uppträdde för första gången på över tre år vid denna festival, där han valde den brittiska scenen i stället för Woodstock i USA. Uppskattningsvis deltog 150 000 personer. (Källa: Rolling Stone Magazine – Isle of Wight Festival)

20 Enchanted April: Baserad på en roman av Elizabeth Arnim, är detta ett TV-drama från Paramount som utspelar sig i Toscana. Filmen rekommenderas för dem som uppskattar *A Room with a View* och *Howard's End.* (Källa: IMDB – Enchanted April)

21 Slagskeppet Bismarck sjönk den 27 maj 1941 efter en kort men minnesvärd karriär som markerade slutet för slagskeppens era. (Källa: KBismarck)

22 Debrecen: Ungerns näst största stad efter Budapest, och en viktig kulturell och historisk stad. Debrecen var även Ungerns huvudstad under revolutionen 1848–1849. (Källa: Wikipedia – Debrecen)

23 Hajdúszoboszló: En av de mest kända kurorterna i Ungern med ett omfattande spa-komplex som inkluderar pooler, vattenpark och en inomhuspalats. (Källa: Hajdúszoboszló)

24 Baloo: En karaktär från Rudyard Kiplings *Djungelboken*, som berättar om Mowgli, en pojke uppfostrad av vargar i Centralindien. (Källa: Goodreads – The Jungle Book)

25 Milano Modevecka: En av de fem stora internationella modeveckorna, tillsammans med New York, Paris, London och Shanghai. Milano Modevecka startade 1958 och presenterar Italiens modeindustri. (Källa: Fashion United – Milan Fashion Week)

26 Rain Man: En film där Dustin Hoffman spelar en autistisk savant med en encyklopedisk förmåga att memorera statistik. (Källa: IMDB – Rain Man)

27 Sir Patrick Moore: En framstående amatörastronom och författare till över 70 böcker om astronomi samt programledare för BBC:s *The Sky at Night* från 1957 fram till sin död. (Källa: Wikipedia – Patrick Moore)

28 Lewis Carroll: Pseudonym för Charles Lutwidge Dodgson, mest känd för sina böcker *Alice i Underlandet* och *Alice i Spegellandet.* (Källa: Britannica – Lewis Carroll)

29 Gucci: Modehuset Gucci grundades 1921 av Guccio Gucci, som inspirerades av lyxiga resväskor under sin tid som piccolo på Savoy Hotel i London. (Källa: WWD – Gucci History)

30 Connaught Hall: Ett teaterutrymme i Worthing, West Sussex, beläget ovanpå butiker på Chapel Road och senare restaurerat som Connaught Theatre. (Källa: WTM – Connaught History)

31 Coco Chanel: Grundade sitt modehus i Paris 1910 och är känd för sina ikoniska design, inklusive *den lilla svarta klänningen.* (Källa: Chanel – Chanel History)

32 Elsa Schiaparelli: Introducerade optiska illusioner i mode med sina handstickade tröjor och etablerade sitt modehus med en distinkt stil. (Källa: Schiaparelli – House History)

33 Paul Poiret: Känd som "The King of Fashion", revolutionerade modet med inspiration från orientalism och teater. (Källa: Metmuseum – Paul Poiret)

34 Jeanne Lanvin: Grundade sitt modehus 1889 och blev en av de mest framstående franska modeskaparna. (Källa: Lanvin – Lanvin History)

35 Münchenöverenskommelsen: Ett avtal från 30 september 1938 där Tyskland tilläts annektera Sudetenland. (Källa: Britannica – Munich Agreement)

36 Civitavecchia: En historisk hamn grundad av kejsare Trajan på 100-talet e.Kr. (Källa: Britannica – Civitavecchia)

37 New York Fashion Week: Grundad av Eleanor Lambert under andra världskriget för att etablera amerikansk design som en konkurrent till Paris. (Källa: Vogue – NYFW History)

38 Fannie Mae och Freddie Mac: Två amerikanska bolåneinstitut vars kollaps 2008 utlöste stora förluster och krävde statligt stöd. (Källa: CFA Institute – Financial Crisis)

39 IoT (Internet of Things): En term myntad 1999 av Kevin Ashton för att beskriva sammankopplade enheter via internet, med ursprung från telekommunikationsinnovationer. (Källa: Censis – IoT History)

40 Medici-banken: Europas viktigaste bank på 1400-talet, känd för att ha hanterat den romersk-katolska kyrkans konton. (Källa: Medici Bank)

www.ingramcontent.com/pod-product-compliance
Lightning Source LLC
Chambersburg PA
CBHW020947310726
48980CB00001B/95

* 9 7 9 8 9 9 9 2 9 4 7 1 5 *